美男と従者の恋は逃避行から始まる

小中大豆

幻冬舎ルチル文庫

CONTENTS ✦目次✦

美男と従者の恋は逃避行から始まる

✦イラスト・石田恵美

✦カバーデザイン＝久保宏夏（omochi design）
✦ブックデザイン＝まるか工房

美男と従者の恋は逃避行から始まる

それは何の変哲もない、いつもの昼下がりだった。

ラギエ家の使用人ノエルは、その日も普段のとおり忙しく働いていた。周りの使用人たちも特に変わった様子はなく、屋敷は平和そのものだった。

「ノエル、若様がお呼びだよ」

ひと仕事終えて休憩しようと思っていたら、家令にそう言われた。ノエルは厨房に行ってお茶を淹《い》れ、若様の部屋へ赴いた。

「エドゥアール様。お呼びでしょうか」

扉の外で呼びかけると、すぐさま「入れ」と男の声がする。

その短い声の調子から、主人の機嫌があまり良くないらしいとノエルは察した。

中に入ると案の定、エドゥアールは窓辺のカウチに横になり、難しい顔をしていた。

今日の主人はなぜか、南の異民族のぞろりとした衣装を纏《まと》っている。春とはいえ汗ばむような陽気だから、涼しいのかもしれない。

たっぷりとしたチュニックは肌の露出が多く、逞《たくま》しい二の腕や胸元が露《あら》わになっている。

エドゥアールの逞しくも艶《つや》めいた肢体に、見慣れたノエルもどきりとした。

滑《なめ》らかな白い肌に、けぶるような金髪を長く伸ばし、金糸のようなまつ毛が琥珀《こはく》色の瞳に影を落としている。

子供の頃から美貌《びぼう》を謳《うた》われてきたラギエ家の嫡男は、二十六歳になった今、逞しさが加わって、神話に出てくる美の女神に愛された美青年そのものだ。

一方、エドゥアールの従者であるノエルといえば、主人より四つ年下なだけなのに、小柄でひょろっとしていて、童顔で頼りなく見える。

せっかくの黒髪はゴワゴワで艶がないし、黒い瞳は黒曜石のようだと言って主人はよく褒めてくれるけれど、実際は眠そうなたれ目だった。

輝くような美貌の主人とは、まったく釣り合わない。比べると落ち込むばかりなので、自分の容姿のことは極力考えないようにしている。

「エドゥアール様のお好きな、林檎《りんご》のお茶をお持ちしました。一休みしませんか」

何やら難しい顔で黙り込んでいる主人に、ノエルは明るい声で言った。

一休みも何も、エドゥアールは仕事らしい仕事はしていない。

二十一歳の結婚と同時に当主である父親から領地を分けてもらい、事業もいくつか受け継いだけれど、管理は人に任せていた。

本人は社交と称して頻繁に遊びに出かけたり、家にいる時も日がな詩やら物語を書くだけである。剣の稽古やたまに馬で遠乗りに出かけたりしているけれど、ノエルから見て有意義だなと思えるのはそれくらいだ。

エドゥアールの日々の暮らしは、貴族らしく贅沢《ぜいたく》で優雅で、だからこそ彼はいつでも大らかで快活なのかもしれなかった。

若干かっこつけたがりで、情けない顔や不機嫌な顔は、付き合いの長いノエルにしか見せない。そのノエルに対しても、いつまでもぶすっとしていたり、ましてや感情のまま当たったりはしない。

巷《ちまた》では、気ままに使用人を殴ったりする主人もいるというから、ノエルはエドゥアールに仕えることができて幸運だと思う。

しかし、いつもは「お前も一緒にどうだ」と、お茶に誘ってくる主人が、今日は眉根を寄せたままうつむいていた。

「エドゥアール様。私が何か、粗相をしたでしょうか」

恐る恐る窺《うかが》うと、エドゥアールはようやく顔を上げてこちらを見た。

「いや、お前はよくやってくれている。呼んだのはそういうことではない。実は、問題が起こった」

それを聞いてノエルは、瞬時に頭の中で「問題」の可能性について考えを巡《めぐ》らせた。

また色事で問題を起こしたのだろうか。今度は男か、女か。ここ数年は大人《おとな》しかったが、実はノエルが把握していないところで、仲良くなってはいけない相手と交際していたとか。

そういえば今朝、王都から荷物と一緒に書状が届いていたっけ。

王都にいるエドゥアールの父が、放蕩《ほうとう》息子に痺《しび》れを切らし、断れないような縁談を持ち込んだか。

いや、これは以前も何度かあったから、それくらいでエドゥアールが難しい顔をすることはないだろう。

放蕩息子を見限って、領主がとうとう次男に家督を譲ることにしたか。

でもそれなら、エドゥアールにとっては願ったりかなったり、むしろ喜んでいるだろう。

「王都の父が失脚した」

エドゥアールは、頭の中で忙しく考えるノエルを見つめていたが、やがて抑揚のない声音で言った。

「えっ、失脚？」

失脚って何だっけ。言葉の意味を思い出す。それくらい、意外だった。

「旦那《だんな》様が、ですか」

そうだ、とエドゥアールはうなずいた。大きくため息をつく。悩ましげな顔も美しい。

「父は政敵の罠《わな》にはめられ、断罪されたんだ。今は王都の屋敷に蟄居《ちっきょ》を命じられている」

「えええっ、大変じゃないですか。旦那様をお助けしなければ」

こんなところで、のんびりお茶を飲んでいる場合ではない。ノエルは慌てた。

ノエルの主人はエドゥアールだが、領主であるエドゥアールの父、ラギエ侯にも、子供の頃から大変お世話になっている。

ラギエ侯は普段は王都の屋敷におり、領都には滅多に来ない。けれどつい先月、冬の終わりと共に久々の休暇を過ごしにやってきて、ノエルたちに元気な姿を見せたばかりだった。あの豪放磊落《ごうほうらいらく》で快活な領主が、王都の屋敷に幽閉されている姿を想像して、自分の親が囚われたかのように胸が痛んだ。

「無理だ。もう今さら動いたところで、どうにもならん」

しかし、実の息子はにべもない。

「そんなあ」

「父が死ぬことはないから安心しろ。それより、私の身が危ういんだ」

「えっ、危ういとは。どういうことですか」

「どうもこうも、一家揃《そろ》って政争に巻き込まれたんだ。嫡男の私も罪人だ。もうじきここにも、王都から国軍がやってくる。捕らえられれば無事では済まないだろうな。父からの手紙で、早急に国外に逃げろとのお達しだ」

あまりに急なことで、頭がついていかない。

今さっきまで平和だったのに、主人がいきなり罪人となり、国外逃亡しなければならないとは。

「たっ、大変だ。屋敷の人たちにも知らせないと」

先ほどノエルに声をかけた家令も、普段と変わった様子はなかった。まだこのことを知らないのではないか。

「家令には後で説明する。この屋敷の者たちは全員、暇を出すことになるだろう。ラギエ家は取り潰しだ」

取り潰しということは、爵位《しゃくい》をはく奪され、領地や財産も没収されてしまう。ラギエ家がやっている商売も潰れるだろう。

血の気《け》が引いた。失脚や取り潰しといった言葉が、ノエルの中で現実味を帯びてくる。

エドゥアールはこれから、どうやって生きていけばいいのだろう。国外に逃げたとして、贅沢に慣れた身で、財産も身分も失って生活していけるのだろうか。

「ノエル」

そうしたこちらの不安を読んだように、エドゥアールはノエルを呼んだ。

「私にはもう、金も身分もない。お前にしてやれることは何もなくなってしまった。それでも……主人と従者でなくなっても、私と一緒にいてくれるか」

言われてノエルはハッとした。

不安をたたえた琥珀色の瞳が、ノエルを見つめている。彼のこういう表情を、以前からたびたび目にしてきた。

いつだって自由気ままなエドゥアールだが、ノエルがついてこないと不安そうにするのだ。

（そうだ。エド様には、俺がついていないと）

迷うことはなかった。贅沢で優雅で、浮世のしがらみから外れて生きてきたこの人が、一人で生活できるわけがない。

こんな時こそ、自分がしっかりしなくてはいけないのだ。

「もちろん、ついていきます。ええ、来るなと言われてもついていきますとも」

勇んで答えると、エドゥアールはひどく安心した顔をした。

「——ありがとう」

安堵《あんど》と喜びの混じった笑顔は、花が咲くように美しい。ノエルも嬉《うれ》しく誇らしかった。

美しく優しい主人……大好きなエドゥアール。

何もかも失った彼が、数多《あまた》いる美男でも美女でもなく、ノエルを選んでくれたのが嬉しかった。

自分は、どこまでも彼についていく。たとえ家門が落ちぶれようと、ノエルはエドゥアールの従者だ。

エドゥアールと共に逃げ、彼を支え続けよう。

湧き出る不安を頭の隅に追いやって、ノエルはそう決意した。


ラギエ家は、もとは一介の商人だったそうだ。それが大商人となり、国王から爵位と領地

を授かって領主となった。

エドゥアールの祖父の、そのまた祖父の時代だ。

王国には何百年と続く名家がいくつもあるので、ラギエ家は貴族としてはまだまだ新参者である。

けれど代々、当主の才覚に恵まれ、前当主の代からは、王都の宮廷で政治の要職に就くようになった。現当主であるエドゥアールの父もこの役職を世襲し、一年のうちのほとんどは王都にいる。

嫡男のエドゥアールも、幼い頃は王都にいた。大きくなるにつれ、王都と領地の屋敷を行ったり来たりするようになり、今はほとんど領地にいる。

当主としては、エドゥアールに宮廷の役職を継いでほしいのだろう。

けれどエドゥアールは、政治にも商売にも関心はなかった。次期当主という地位も重荷のようで、二人いる弟のどちらかが継げばいいと考えている。

彼は政治だの商売だのと泥臭いことより、詩を詠《よ》んだり、小説や戯曲を書いたりする方が好きだった。

エドゥアールは容姿だけでなく、何もかもに優れていた。

彼が詩を詠めば、風雅だと文人たちに絶賛され、小説は書いた端から売れる。筆名で書いた戯曲は王都でも大人気で、どれも長期の興行になった。

何でも手をつけた端から成功するのが、エドゥアールの幸運であり不幸でもあった。秀でているのは芸術面だけではない。子供の頃から神童と謳《うた》われ、学問も武芸も飛び抜けてよくできた。

社交場では人を惹《ひ》きつける。エドゥアールの父親は押し出しの強い性格で、ともすれば強引とも見られたが、エドゥアールは穏やかで人の話をよく聞き、それでいていつの間にか自分の意見を通している。つまり、交渉事も得意だった。

王都で政治家をやるには、うってつけの能力だ。そうでなくても彼は、人を惹きつけてやまない魅力を持っている。

父親もそういう長男の能力をわかっているからこそ、エドゥアールの放蕩ぶりを許していたのだろう。エドゥアールがどれほど拒否しても、彼を次期当主の座から外さなかった。

子供の頃からエドゥアールを見てきたノエルは、すべてにおいて優れた主人を敬愛する一方で、その才能ゆえに自身の人生が自由にならないことを、気の毒に思っていた。

しかし今、ラギエ家の家門は失われ、エドゥアールは図らずも自由を得ることになった。皮肉なことだ。ノエルは荷造りを急ぎながら、ため息をつく。そうして、さっきから後ろでバタバタやっているエドゥアールを振り返った。

「エド様。そうたくさんの荷物は積めませんよ。使える馬車は、一台こっきりなんですから」

王都の当主が失脚して、エドゥアールとノエルはもう、明日の朝には屋敷を出なければならないという。

屋敷のことは家令に頼んだとのことで、あとは自分たちの荷造りをするだけだったが、これが大変だった。

何しろ急なことで、明日すぐに旅立てる状態で、長距離の旅に耐え、かつ、見た目でラギエ家と特定されない拵《こしら》えの馬車は、たったの一台きりなのだそうだ。

御者《ぎょしゃ》と護衛が途中までついてくれるが、彼らにも暇を出さねばならないので、領地を出てからはノエルが御者役だ。

馬車に積める荷物にも当然、限りがあるのだが、エドゥアールはさっきからあれもこれも、旅行用の行李《こうり》に詰めようとしていた。

「行き先はとりあえず、ワローネなんですよね？」

「ああ。ワローネのジョルジーヌのところに行く。もう使いも出してあるんだ。彼女ら夫婦は俺に恩があるから、断らないだろう」

国外逃亡することになって、エドゥアールは隣国のワローネという都市に住む、知人を頼ることにした。確かにエドゥアールに大きな借りのある相手だ。一時は居候《いそうろう》させてくれるだろうが、いつまでもというわけにはいかない。

隣国の知人を頼った後は、何も計画がなかった。

「ワローネなら、年中暖かいですよね。とりあえずその、真冬用の外套《がいとう》は必要ないのでは？」

「手触りが気に入ってるんだが……まあ、そういえばそうか」

エドゥアールは渋々、分厚い外套を行李から放り出す。ノエルはそれを取り、隣の衣装部屋に丁寧にしまった。エドゥアールの衣装はどれも高価で良い品ばかりだから、家令が売ってそれなりの金にするはずだ。

ノエルとしても、金目の物はできるだけ持ち出したいが、衣装は売りづらい。ことに温暖な気候のワローネでは、厚手の外套は買い手がつかないだろう。

頭のいいエドゥアールなのに、そういうことには想像がいかないらしい。

数学は得意だが、生活費の勘定はしたことがない人だ。自分がしっかりしなくては、とノエルは心を引き締めた。

「あとそれ、下着も入れすぎじゃないでしょうか。他のものが入らなくなっちゃいますよ」

「しかし、ワローネまでどんなに急いでも、十日はかかるだろう。途中で買い足すにしても、まずはこれくらい必要じゃないか？　私の好みの肌着を売っている店は、道中にはなかなかないだろうし」

「なんで下着を買い足すんですか。私なんか三枚しか入れてませんよ」

思わず語気を強めると、怯《おび》えた目をされた。

「三枚……？　まさかお前、同じ下着を裏返して穿《は》く気か？」

「穿きません！　洗濯すればいいでしょう！」

そんな調子だったので、旅支度は遅々《ちち》として進まなかった。

これからエドゥアールの身の回りの世話をするのは、ノエル一人だけだ。ある程度のことは一人でできなければ困ると思い、まずは着替えを自分で荷造りさせようとしたのだが、とんちんかんなことばかりする。

「エド様。もう俺が荷造りするので、そこでお茶でも飲んでいてください」

とうとう我慢できなくなって、ノエルはエドゥアールを行李の前から追い払った。

「うん、そうだな。こういうことは、お前がやるほうが早いし確実だ」

エドゥアールも横からノエルがいちいち注意をするので嫌になったのか、手にしていた夜会服の上着をポイッと放り投げた。

ノエルは急いで別の使用人に新しいお茶を淹れるよう頼み、エドゥアールの衣服を選んだ。

「とりあえず、礼服は二着だけ持って行きましょう。向こうの上流階級の方々と、お会いする機会があるかもしれませんし」

外国に逃亡した後、そこで腰を落ち着けるなら何か、仕事を探すことになる。エドゥアールは汗水たらして働くなんてできないだろうから、まず上流階級の人間と接触したほうがいいだろう。

身分の高い人たちは往々にして、庶民にはない伝手《つて》があるものだし、エドゥアールなら異国の貴族にも好かれるはずだ。

「紙とインクも多めに入れておきますね。向こうで創作活動をするかもしれませんし」

「そうだな。向こうで旅行記など書こうと思っている。ジョルジーヌの夫に相談して、出版社を紹介してもらってもいいかもしれない」

「いいですね。エド様の本なら、きっと外国でも人気になりますよ」

そう、エドゥアールはやれば何でもできるのだ。たとえ家が没落しても、自力で稼ぐ能力がある。

ノエルは、いざとなれば自分が働いてエドゥアールを養うつもりでいた。ノエル一人の稼ぎで、贅沢に慣れた主人が耐えられるか不安だったが、本気になればたぶん、エドゥアールのほうが甲斐性《かいしょう》がある。

（あちらにはジョルジーヌ様もいらっしゃるし。ご夫君《ふくん》は確か、実家の商売を継がれて順調だって言ってたもんな）

あまり、心配することもないかもしれない。

宝石をちりばめたエドゥアールの上着を行李に詰めながら、そんなことを考えた。

「そういえば、王都の弟様たちと、別荘にいる奥様はどうされているんでしょうか」

心配事が一つ落ち着くと、また次の心配が頭をもたげた。

エドゥアールには二人の異母弟がいる。まだ十二歳と六歳で、彼らは父親のいる王都で暮らしていた。

当主の今の妻は後妻だ。先妻であるエドゥアールの母親は、エドゥアールが三歳の時に風邪《かぜ》をこじらせて亡くなったという。

愛妻家だったという当主はその後しばらく、独り身を通していたが、周りにせっつかれて今の奥方をもらった。

エドゥアールが十歳の時だ。ノエルがエドゥアールに救われて、彼に仕え始めたのは、その一年後のことである。

「弟たちは、ロンデックスの叔母《おば》の家に預けてあるそうだ」

「あ、それなら安心ですね」

ロンデックス家というのは、エドゥアールの叔母、当主の実妹の婚家である。田舎《いなか》の領主で、中央政治とは無縁だが、領地は豊かで経済的に余裕がある。

その叔母夫婦には長らく子供がなく、ラギエ家の次男か三男のどちらかを養子に出すという話が、以前から出ていた。

そんな家だから、エドゥアールの弟たちもそう邪険にされることはないだろう。

「奥様はご無事なんですか」

この家で奥様と言ったら、当主の後妻のことだ。エドゥアールにも以前は妻がいたが、今はいない。

当主の後妻、エドゥアールの継母《ままはは》は、領地からそう遠くないラギエ家の別荘で暮らしていて、夫とは別居状態である。

夫婦間のことはよくわからないが、もともと仲のいい夫婦ではなかった。三男を産んでから関係が悪化し、後妻が自ら別荘に移り住んだと聞いている。

「あの女が心配なのか？」

使用人が運んできたお茶を飲んでいたエドゥアールは、そこで怪訝《けげん》そうにノエルを見た。

「そりゃあ、まあ。この家の奥様ですし」

「お人よしだな。さんざんいじめられたくせに」

ふん、とつまらなそうに鼻を鳴らす。ノエルは苦笑した。

エドゥアールは後妻を嫌っている。無理もないと思う。正直を言えば、ノエルも彼女が好きではない。

当主の妻のバルバラは、エドゥアールと十しか歳《とし》が違わない。若い後添《のちぞ》えだった。

宮廷で大きな力を持つ貴族の娘だそうで、美人だが顔に険がある。派手好きで見栄っ張りで、それに意地悪だった。

ノエルがエドゥアールに仕え始めた頃、まだ一家揃って王都で暮らしていて、ノエルはよく彼女と彼女の弟にいじめられた。

バルバラの弟、ヤニックは当時は未成年で、姉の嫁ぎ先に居候していたのである。

バルバラとヤニックの姉弟は、当主の見ていないところでエドゥアールに嫌がらせをしていた。

その嫌がらせの一環が、エドゥアールの従者であるノエルをいじめることだったのだ。

彼らには、結構なひどいことをされた。暴力を振るわれるのは日常茶飯事で、王都の屋敷の使用人たちも巻き込んで、陰湿ないじめを繰り返した。

バルバラたちの目的は、ノエルを追い出してエドゥアールを孤独にさせることだった。

賢いエドゥアールはそれがわかっていたから、ノエルを必死に守ろうとしてくれた。

ノエルがいじめられて泣くたび、エドゥアールは抱きしめて慰めてくれたものだ。

『お前は悪くない。よくやってくれている』

そう言って、ノエルが泣き止《や》むまで頭や背中を撫《な》でてくれた。

『お前は僕の大切な従者だ。ずっと一緒にいてくれ』

夜は自分のベッドに寝かせ、お前のいる場所は自分の隣なのだと繰り返した。

親も家も失ったノエルにとって、エドゥアールの慰めがどれほど嬉しかったか。いじめはつらかったけれど、彼に抱きしめられ甘やかされるのは、この上もなく幸せなことだった。

それにノエルがいじめられると、エドゥアールはそのたびに報復してくれた。

エドゥアールのやり方は巧妙にして狡猾《こうかつ》で、周りには決して、自分がやったことを気取《けど》らせない。ノエルも、エドゥアールから教えてもらうまで気づかなかった。

年上のバルバラとヤニックより、エドゥアールのほうがうんと上手で、おかげでノエルも溜飲《りゅういん》を下げることができたのである。

「私がいじめられたら、エド様がやり返してくださっていたでしょう。だから、悪い思い出ばかりじゃないです」

「めでたい性格だ」

呆《あき》れたようにエドゥアールは言い、「あの女も無事だ」と、付け加えた。

「ぴんぴんしてる。殺したって死なないさ」

エドゥアールがそう言うのだから、バルバラも安全なところにいるのだろう。

ノエルは安心して、荷造りを続けた。

夜、エドゥアールが就寝する頃にはどうにか旅支度を終え、途中までついてきてくれる護衛と御者に、旅の経路を伝えた。

「しかし、今時分に旅行だなんて、若様も奇特ですねえ。オルダニーに行くなら、もっと寒い時期のほうがいいのに」

御者に言われ、ノエルはぎくりとした。

当主が失脚したことは、エドゥアール以外ではまだ、ノエルと家令しか知らないのだ。

エドゥアールが無事に出立した後、家令が使用人たちに伝えることになっている。

そうでないと使用人たちも動揺して働けないし、エドゥアールが国外逃亡していることが外に漏れるおそれがある。

御者と護衛に伝えてある行き先も、ワローネではなく、その手前にあるオルダニーという地方都市になっていた。

オルダニーを経由してワローネに行くので、丸きり嘘をついているわけでもない。

ここよりだいぶ南にある都市で、夏はかなり暑く、冬は温暖だ。今時分はもう気温が上がっていて、しかもじめじめしている。観光には向かなかった。

「次に執筆する小説の、取材なんだそうです。今じゃないといけないそうで」

あらかじめ考えておいた言い訳を伝えると、御者も護衛も納得してくれた。

ラギエ家の若様が芸術家肌で、ちょっと変わっていることは周知の事実である。主人が変人で良かったと、ノエルは思った。

一日の仕事を終えて自分の部屋に戻り、簡単に荷物をまとめた。元より、ノエルの持ち物はそう多くない。給金はじゅうぶんすぎるほどもらっているが、贅沢に興味はなく、欲しい物もさしてなかった。

贅沢をしなければ、当面は生活に困らないくらいの貯《たくわ》えはある。全財産を旅荷に詰めて、その夜は早く床《とこ》に就いた。

翌朝、エドゥアールを起こしに行くと、いつもは昼に起きてくる主人がすでに床から出て身支度をはじめていた。

「自分で起きられるなんて、えらいですね」

思わず褒めると、じろりと睨《にら》まれた。

「私だって、やる時はやる。これからはお前と二人きりの生活だ。何もかも任せきりではいられないからな」

本人に自覚を持ってもらえると、従者としても助かる。

エドゥアールが身支度を済ませて朝食を摂る間に、ノエルは家令に呼ばれ、ワローネまでの路銀だと金を渡された。

「こんなに？」

丈夫な革袋はずっしり重い。中を覗《のぞ》くと、ぜんぶ金貨だった。外国でも困らないよう、紙幣ではなく使いやすい金貨を持たせてくれたのだろう。

しかし、かなりの金額である。

「あの、差し出がましいようですが、こんなにいただいて大丈夫なのですか。お屋敷の使用人のみんなに暇を出すのに、現金が入り用ですよね」

家令は昔からラギエ家に仕えている老人で、エドゥアールが置いていく持ち物も、高値で換金して、なるべく主人の損のないように図らってくれるだろう。

しかし、すぐさますべてを換金するのは難しいし、使用人たちに退職金を支払うために、現金が必要である。

ノエルは十八歳で成人してから、エドゥアールの財産管理を手伝うと共に、この領地屋敷の会計にも携わっているので、使用人たちの毎月の給料がいくらか、またどれくらいの現金が屋敷にあるのかも知っている。

今、ノエルたちが多額の現金を持ち出したら、退職金の支払いに困るのではないだろうか。

「私たちにはいちおう、エドゥアール様の預金手形もあります。途中、預金を引き出せるだけ引き出して、目的地に向かおうと思っています。領地の銀行でしたらまだ、差し押さえられてはいないはずなので」

家令に無理をさせているのではないかと思い、そう言ったのだが、家令はそこでどうしてか、「えっ」と動揺したように声を上げ、真っ白い眉毛を引き上げた。

「あっ、そうか。銀行預金。……ううむ。だがまあ、もしものことがあるからね」

「でも」

「我々のことは……あれだ。まあ、うん。近々あの……あれするから」

何をどうするのやら、さっぱりわからない。やはり、家令はエドゥアールのために無理をしているのだ。

「えっとね、つまり……うんうん。こちらのことはね、あれってことだよ。何も心配しなくいいってことだ、うん」

どこか焦った様子で、何度もうんうん、とうなずいている。ノエルは家令の顔を覗き込んだが、ふいっと目を逸《そ》らされてしまった。

「とにかく、若様のことをよろしく頼むよ。限られた予算しかないのだ。多少の不自由は我慢していただくことになる」

「はい。覚悟しております」

そう、もはや莫大な利益を生み出す事業もなければ、領地の潤沢な税収も望めない。

途中の銀行で現金をあるだけ引き出すにしても、あとは家令からもらった金貨とノエルの貯金、持ち出した貴金属類しか財産がない。

庶民ならば、それだけで十年は働かず暮らしていけるだろう。しかし、相手はエドゥアールである。

服は肌触りが良くてかつ、美しく洗練されたものしか身につけないし、不味《まず》い料理は手をつけない。好奇心が旺盛《おうせい》で、興味を覚えたら手に入れずにはいられない。欲しいものは値段も見ずに買い、どんな高価なものでも、飽きたら惜しげもなく手放してしまう。

退屈が嫌いで気まぐれで飽き性な主人が、果たして質素な生活に耐えられるのか。

考え出すと、不安でたまらなくなる。

「君がついていれば安心だ」

ノエルが不安に表情を曇らせるのを見て、家令は不意に力を込めて言った。

「君は優秀で、若様のことをよく理解しているからね。これから様々な困難があるだろうが、無事に乗り越えられると信じている。若様をよろしく頼むよ」

言われて、ノエルも言葉に詰まった。祖父ほどの年の家令を見上げる。

「お、お世話になりました。どうかお元気で」

彼とはもう、二度と会えないかもしれない。家令だけではない。仲良くなったこの屋敷の使用人たちとも、これでお別れなのだ。

今になってそのことに気づき、涙がこみ上げる。家令は控えめにノエルを抱擁し、「道中気をつけて」と言った。

「……すまないね」

最後にそう言ったが、何に対して謝ったのか、定かではない。聞き返そうと思ったが、ポンと肩を叩かれ、「行きなさい」と言われてしまった。

ノエルはぺこりとお辞儀をし、家令と別れた。エドゥアールの部屋へ戻る途中、仲間の使用人たちとたびたびすれ違う。

彼らはラギエ家が取り潰しになったことは知らず、いつものように仕事をしていた。

「おはよう、ノエル。今日から若様と旅行に行くんだろ」

「この季節にオルダニーなんて、大変ねえ」

「生水を飲まないように、気をつけろよ」

領地屋敷の使用人たちは皆、気心の知れた人たちばかりだ。年下のノエルを可愛がってくれる。

「うん。ありがとう。……行ってくるね」

仲間たちに別れを言いたいけれど、本当のことは言えないから、それもかなわない。

当主を罠にはめたという、王都の政敵が恨めしかった。

(でも、本当におつらいのは、旦那様やエド様だ)

今も蟄居させられているという当主と、そんな父を置いて逃げなくてはならないエドゥアールの心中を思うと、胸が痛くなる。

(くよくよしても仕方がない。自分にできることをやろう)

エドゥアールにはもう、自分しかいないのだ。不安だらけだけど、できる限りエドゥアールが快適に暮らしていけるよう、精いっぱいお仕えしなければ。

感傷を胸にしまい、気持ちを切り替えて仲間たちと別れた。

エドゥアールの部屋へ行くと、主人はもう朝食を終え、出かける支度をしているところだった。

上着にズボン、シャツに至るまで上質ではあるが、華美な装飾はついていない。靴も歩きやすいものを、ノエルが選んでおいた。

ワローネまでは馬車を使っての旅だが、長い道中、何があるかわからないからだ。

「ちゃんと、私が選んだものを着てくださってるんですね」

エドゥアールはお洒落《しゃれ》なので、難色を示されるかと思いきや、素直にノエルが選んだ服や靴を身につけてくれた。

いつもはノエルが服を選ぶと、色が合わないだの、趣味がよくないだのと、一度は必ず文句を言うのに。

「なんだ、私が我がままを言うと思っていたのか？　お前は道中や今後のことを考えて、選んでくれたんだろう。遊びに行くんじゃないんだ。それくらい、私だってわきまえているさ」

ノエルの表情を読んだのか、エドゥアールは胸を張って言う。なんだか張り切っているように見えるのは、気のせいではないだろう。

家が没落し、エドゥアールの立場も一変した。これからは今までの生活と何もかも違うのだと、当人もわかっているのだ。

（そうだ。エド様はこういう方だった）

困難に陥《おちい》っても、くよくよしない。むしろ逆境のほうが生き生きするくらいだ。

思えば、バルバラたちに嫌がらせをされていた時からそうだった。十代の時に初めて女性に振られた時も、唐突に結婚して離婚した時も。

いつだって目の前の障害を排除して、彼らしく生きてきた。

そういうエドゥアールを尊敬しているし、これからも彼が彼らしく生きていくために、ノエルは彼を支えるつもりだ。

「あ、剣」

支度を終えたエドゥアールが、最後に剣帯を腰に巻いて、ノエルは彼の傍らにある椅子《いす》に、剣が立てかけてあったことに気づく。

鞘《さや》と柄《つか》には金の凝った装飾が施され、高価な美術品のようにも見えるが、エドゥアールの身体《からだ》に合わせて作らせた、実用の剣である。

「帯剣して行かれるのですか」

「ああ。田舎や山道も通る。野盗に出くわさないとも限らないからな」

領地を出て護衛と別れた後は、自分たちで身を守らなくてはならない。予定している順路は治安のいい地域ばかりだが、それでもまったく安全という保証はないのだ。

「そんな顔をするな。大丈夫だ。たとえ幽霊や怪物が来ても、お前一人くらい守ってみせる」

美貌に甘い微笑《ほほえ》みを乗せ、エドゥアールはノエルの頬を撫でる。恋人にするような仕草に、ノエルは胸がぎゅんと跳ね上がり、慌ててあごを引いた。

「私で遊ばないでください。もう。そういうことでしたら、予備の剣も用意しておきます」

「ああ、頼む」

どぎまぎしながら早口に言うと、エドゥアールは楽しそうに笑ってうなずいた。

エドゥアールはたまにこうして、ノエルをからかうことがある。領地で暮らすようになってからは、特にだ。

ノエルがいつまでも色事とは無縁で、ちょっとからかうだけで過剰に反応するからだろう。

（俺の気持ちなんて知らないで、ああいうことするんだから）

人が悪い、と、内心でぼやく。いつまでもエドゥアールを楽しませるのは癪《しゃく》なので、ツンと澄ました顔をした。

「それじゃ、剣を取って参りますから、エド様は先に馬車に乗っていてください。そろそろ出発の時間ですからね」

「ああ、わかった」

まだ楽しげに笑う主人を後目《しりめ》に、ノエルは早足で保管庫へ向かう。

エドゥアールの予備の剣と、それに自分のための短剣を持ち出した。屋敷の財産は皿一枚にいたるまで、一つ一つ記録し、管理されている。家令に伝えようと思って探したが、姿が見当たらない。

玄関の車寄せに行くと馬車が停《と》まっており、御者と護衛がすでに待機していた。

その馬車から少し離れたところで、家令とエドゥアールが何やらヒソヒソと声を潜めて話し込んでいる。

「ノエル。ご苦労だったな」

エドゥアールがすぐさまノエルに気づき、声をかけてきた。その声に家令もハッとして顔を上げる。

「で、では、そのように致します」

「うん。大丈夫だ。心配するな」

家令がぎこちなく頭を下げた。大丈夫だというエドゥアールに、不安そうな表情を見せたが何も言わない。

何を話していたのか知らないが、たぶんエドゥアールは、自分が去った後の屋敷のことを指示していたのだろう。ノエルはそう当たりをつけた。

主人が屋敷を離れたら、あとは残された家令がすべての采配《さいはい》をしなければならないのだ。さすがに不安にもなるだろうと、家令を気の毒に思った。

ノエルは予備の剣と短剣を持ち出したことを家令に報告し、短剣を腰に下げた。予備の剣をしまおうと馬車の旅荷を開く。

行李を開け、おや、と首を傾《かし》げた。昨日、荷物を詰めた時と、詰め方が少し変わっている。

行李には鍵《かぎ》がかかっていて、鍵を持っているのはノエルとエドゥアールだけだ。エドゥアールが手を入れたのだろうか。

「エドゥアール様。行李の中身、入れ替えましたか」

何気なく振り返ると、エドゥアールと家令が同時にビクッと身体を揺らした。

「あ……すまないね。私がちょっと……若様に言われて、確認させてもらったんだよ」

家令がおずおず声を上げる。そういうこともあるだろう。ノエルは納得してうなずいたが、どうして家令が動揺しているのかわからなかった。

エドゥアールはと言えば、ビクッとしたのは一瞬で、あとはいつもと何ら様子は変わらない。落ち着いた旅装を纏っていても、キラキラと輝いて見えるくらい、今日も美しい。

家令の様子を怪訝に思ったものの、深くは考えなかった。

何しろ今は非常事態だ。いくら家令だって、落ち着きを失《な》くすのは仕方がない。

「では、出発するか」

エドゥアールが意気揚々と言い、馬車に乗り込む。護衛とノエルも後に続いた。

「若様、お気をつけて。ノエル、頼んだよ」

家令が、最後まで心配そうな表情で見送る。

「お任せください」

「心配するな。行ってくる」

ノエルとエドゥアールは口々に答え、家令に手を振った。家令が気の毒そうにノエルを見てから、次にエドゥアールに恨めしげな視線を寄越したのが、印象に残った。


馬車での旅は久しぶりだ。

昔はノエルも、エドゥアールと共に王都と領地を行き来していたが、最後に王都を離れ、領地に戻ってきたのは四年ほど前のことだった。

懐かしいな、と、馬車の車窓を眺めながらノエルは思う。

『もう王都には戻らない。あの女と顔を合わせることもないから、せいせいするな』

領地に戻る馬車の中でエドゥアールが言ったのを、今も覚えている。

エドゥアールが成長するにつれ、バルバラが彼を目の敵《かたき》にすることはなくなったが、代わりにたびたび、エドゥアールを誘惑するようになった。

当主は忙しく、家を留守にしがちだ。夫の目の届かないのをいいことに、若く美しい義理の息子に目をつけたのである。

胸の大きく開いた服でしなだれかかったり、口実をつけてはエドゥアールの部屋にやってきた。夜に寝ぼけたふりをして、寝室に入ってきたことさえあったのだ。

幼い息子たちが近くにいたのに、何を考えているんだと今でも思う。

エドゥアールは用心深く彼女を避けていたし、ノエルも目を光らせていたので事なきを得ていたが、家の中なのに四六時中警戒していなければならず、気が休まらなかった。

エドゥアールは領地に引っ込むと決め、父親に話をつけた。たぶん、バルバラに誘惑されていることも告げたのだろう。

嫡男に領地を任せるという口実で、エドゥアールは王都の家族と離れ、領地で暮らすことになった。

以来、バルバラとは顔を合わせていない。彼女はエドゥアールが領地に引っ込んですぐ、別荘に移り住んだ。

次男と三男はたまに、乳母《うば》と子守りに伴われて領地屋敷にやってくる。つい半年前にも遊びに来た。

乳母に育てられたせいか、弟たちは素直で可愛らしく、年の離れた兄を慕っている。エドゥアールも弟たちを可愛がっていた。

いろいろと家庭内で問題はあるものの、兄弟仲はとても良い。

そしてノエルは、幼い次男と三男を見ては、幼い頃の自分とエドゥアールを思い出すのだった。

ノエルがエドゥアールに救われたのは七つの時、エドゥアールは十一歳だった。

王都にいた頃だ。冬か、春先だったと思う。確かな日付ははっきりとは覚えていない。それ以前の記憶はさらに途切れ途切れで曖昧《あいまい》だ。

とにかくつらかった。苦しかった。お腹《なか》を空《す》かせていた。

人は自分を守るために、つらい思い出に蓋《ふた》をするものなのだと、エドゥアールが言っていた。だから、記憶が曖昧になるのも仕方がないのだと。

ノエルは王都の、比較的裕福な商家に生まれた。父親と母親がいて、子守りを雇う余裕もあった。

ところがある時、父親が商売に失敗した。当時のことは幼くてよくわからないが、どうも知人に騙《だま》されたらしい。

そして父はいなくなった。死んだのか逃げたのか、これも定かでない。

ノエルは母と二人きりになり、住まいも明るく綺麗《きれい》な家から、狭くて汚らしい部屋に移った。

母は毎日泣いていた。ノエルもどうしてこうなったのかわけがわからず、お腹が空いた、元の家に戻りたいと駄々をこねていた。

母はみるみるやせ細った。どうやって生計を立てていたのか、母が働いていたのかも覚えていないが、美しかった母はあっという間に頬がこけ、顔色が悪くなって咳《せき》ばかりしていたのは覚えている。

とうとう床から起き上がれなくなり、ノエルは自分がどうにかしなければと考えた。寝込んだ母を置いて外に出て……けれど、幼くて世間知らずのノエルでは、どうにもならない。

ノエルは近所の貧しい子供たちとつるんで、盗みや詐欺《さぎ》を働くようになった。子供たちで大人を取り囲んで、金目の物を奪う。馬車に向かって当たり屋をして金銭を巻き上げる。他にもいろいろ、仲間たちから教えてもらった。

子供心にも悪いことをしているとはわかっていて、最初は罪悪感があったし怖かったけれど、次第に罪の意識も薄れて大胆になった。

そんな中、つるんでいた仲間から離れ、一人で「仕事」をしようと思ったのは、病気の母のためにもっと金がほしかったからだ。

もうやり方はじゅうぶん学んで、自分だけでもやれる。一人でやれば、取り分も増える。

確か、そんな動機だった。

ノエルは大通りに立ち、金ぴかの馬車を狙って飛び込んだ。

ギリギリのところで避《よ》けて、大袈裟《おおげさ》に怪我《けが》をしたふりをするつもりだったのだが、目算を誤った。

馬と目が合ったら終わり、そう仲間に教えられた。歯を剝《む》き出しにした馬と目が合って恐怖を感じ、次に気づいた時にはもう、ノエルは石畳の上で痛みに呻《うめ》いていた。

一瞬の出来事で、どこをどう怪我したのかもわからなかった。とにかく全身が痛い。

「子供か」

近くで声がした。視線をわずかに上げると、キラキラと金色に光る女神がいた。

すぐに生身の人間、しかも少年だとわかったが、ノエルはその精緻《せいち》な美貌にしばし、痛みを忘れていた。

それが、エドゥアールだった。当時十一歳のエドゥアールは、まだ変声期前で、身体つきも華奢《きゃしゃ》で中性的だった。

「自分から飛び込んできたんです。当たり屋ですよ。この辺は多いんです」

咎《とが》められるのを恐れるように、大人の声が言う。たぶん御者だろう。それに対し、少年の声は冷静だ。落ち着きすぎて、冷徹とも感じられるほどだった。

「しかし、轢《ひ》いてしまったのは事実だ。ほら、人も集まってきている。馬車の家紋を指さす者もいるな」

「ど、どうすれば……」

「こういう場合はあまり、患者を動かしてはいけないと聞いたんだが。下町のよくわからん藪《やぶ》医者を呼ぶより、うちに運んだほうがいいだろう」

少年は言いながら、冷ややかにノエルを見下ろしている。少年は金の目……琥珀色の瞳をしていた。

怖いのに、その美しい瞳から目が離せない。

「えっ、お屋敷に？」

「そうだ。子供を馬車の中に運べ。ゆっくり、なるべく揺らさないように」

御者らしい男がびっくりしている間に、少年は別の誰かに命じていた。

どこかに連れて行かれる。ノエルは少年たちの会話を聞くともなしに聞いていたが、唐突に気づいて慌てた。

運ばれる先はきっと牢屋《ろうや》だ。ノエルが牢屋に入れられたら、母はどうなるのだろう。もう身体が弱っていて、寝床から起きることもままならないというのに。

「……はな、せ」

逃げなければ。恐らく護衛だろう、屈強な大人の男に抱え上げられ、ノエルは身を捩《よじ》った。

「こら、暴れるな。まったく。せっかく若様が助けてくださるというのに」

呆れたような声が聞こえたが、構っていられない。もがくノエルを、あの美しい少年がひょいと覗き込んだ。

「何を焦っている？　ここで逃げてもいいことはないぞ。その怪我では、当分何もできないだろう」

ノエルの行動を咎めるでもなく、ただ不思議そうに見つめる。

彼なら、話を聞いてくれる、自分のような貧しい悪童の言葉にも耳を傾けてくれる気がする。咄嗟《とっさ》の勘でそう思った。

「オ……オレ、帰らないと。オレがいないと、母さんが」

少年は長いまつ毛を瞬《しばた》かせた。

「母親が病気なのか。そのために当たり屋をしたのか？」

自由の利かない身体で、必死にうなずいた。

「オレが牢に入れられたら、母さんが死んじゃう」

「お前の母親は、一人で身の回りのことをできないほど弱っているんだな」

なおもうなずくと、少年は「そうか」と考え込む仕草をした。

ノエルを抱えている男が、

「若様、同情する気持ちはわかりますが、そのたびに手を貸していたんじゃキリがないですよ。この坊主をどこかの教会か病院に運んで、終わりにしましょう。それでじゅうぶんです」

「それを決めるのはお前じゃない。僕だ」

「しかし」

少年は黙って男を見た。冷たい視線に大人の男が黙り込む。少年は冷ややかな表情のまま、再びノエルを覗き込む。

「お前の母親はどこにいる。場所くらいは言えるだろう」

ノエルは素直に住所を口にした。少年はうなずいて、それから柔らかく微笑む。

「お前の母親は助けてやる。安心しろ」

力強い眼差《まなざ》しと声音に、ノエルは安堵した。この人なら信用できる。何の根拠もなく、そう思った。

ノエルの記憶は一度、そこで途切れている。

エドゥアールは約束を違《たが》えなかった。

ノエルをラギエ家の屋敷に連れて行き、医者に診せて手厚く介抱した後、ノエルの家に使いを出して母を保護してくれた。

ノエルが当たり屋をやったことは伏せられ、最終的にはノエルと御者の互いの不注意を原因とする、ただの事故として処理された。

幸いにも、ノエルの怪我は右腕の骨折だけですんだ。

怪我が治るまで、エドゥアールはノエルを客間に置いてくれたし、母は王都で一番大きな病院に入れてもらい、こちらも手厚い治療を受けた。

事故とはいえ、自分の馬車が怪我をさせたのは事実だから、というのがエドゥアールの言い分である。

なんてお人よしだろうとノエルは思ったが、とにかくこのお金持ちの少年に感謝した。

ノエルは二か月ほどで腕もよくなり、栄養のある食事と休養を与えられて、すっかり健康になった。

ただ、母の身体は良くならなかった。

病院に運ばれた時には、すでに病気がかなり悪化していて、手の施しようがなかったのである。

ノエルがラギエ家に厄介になって半年ほどして、母は亡くなった。

けれど、病院の手厚い看護を受け、ノエルと二人きりで過ごす時間も持てた。最後はノエルが見守る中、眠るように安らかに息を引き取った。

母が亡くなったのは悲しかったけれど、穏やかな最期を迎えられたことに感謝した。

そして行き場のなくなったノエルを、エドゥアールは自分の従者に雇ってくれた。

「当たり屋は褒められたものじゃないが、怪我をしても相手が身分の高い相手でも、怯《ひる》まず意思を通そうという気概と度胸がある。そこが気に入った。あと、綺麗な顔をしているからな。ちょうど、美しい従者を探していた。僕は美しいものしか周りに置きたくないんだ」

どうしてここまで良くしてくれるのか、理由を尋ねたら、そんな答えが返ってきた。

「お前は美しい。特にそのキラキラした黒い瞳は黒曜石のようだ。成長すればもっと美しくなるだろう。それにたぶん、仕事もできる。僕は人を見る目は確かなんだ。お前は優秀だ。そんな顔をしている」

当時は、どこまで本気でどこから冗談なのかわからなかった。しかし、たぶんぜんぶ本気だったのだと、エドゥアールをよく知る今なら思う。

美の化身のようなエドゥアールと比べ、自分の容姿が特別に優れているとは思わなかったけれど、ここまでしてくれる主人に報《むく》いようと思った。

自分は幸運だ。ノエルはしみじみそう感じている。

エドゥアールに仕えるまではつらかったし、仕えてからも王都の屋敷では、いじめやらいろいろあった。

そういう苦労を差し引いても、やっぱりとんでもなく幸運だった。

エドゥアールに出会い、従者として彼に仕えることができた。

今後、どれほどつらい運命が立ちふさがろうと、この幸運は変わらない。

ノエルはそう思っている。

死ぬまでこの身をエドゥアールに捧げる。もし王国の兵が追ってきても共に逃げ、野盗に襲われた時には身を挺《てい》して主人を守るのだ。

そのためには道中も常に、周囲への警戒を怠《おこた》らずにいて……。


「……ノエル。おい、着いたぞ。いい加減に起きなさい」

「んがっ」

鼻をつままれて、ノエルはがばっと跳ね起きた。座席から立ち上がり、その拍子に馬車の天井にしこたま頭を打ちつける。

「うっ」

痛みに呻きながらも懸命に目を開くと、向かいにエドゥアールが、隣には護衛の男が座っていて、ノエルを呆れた目で見上げていた。

「あっ、うう、申し訳ありません。揺れが心地よくて、居眠りしてしまいました」

「居眠りというには、大きないびきをかいていたが」

「ま、まさか。私はいびきなんて、かいたことありません」

きっぱり言ったが、車内に白けた空気が漂った。

「ともかく降りましょう。宿の支配人も迎えに出てますし」

護衛が言うのを聞いて、ノエルは馬車の窓を見る。いつの間にか馬車は、広い車寄せに停車していた。

領地の外れにある町である。ここで一泊し、明日からはいよいよノエルとエドゥアールの二人だけで領地の外へと旅立つ予定だった。

居眠りをして主人に起こされるとは、とんだ失態である。昨晩、不安でよく眠れなかったせいもあるのだが、それは言い訳にならない。

護衛が先に馬車を降り、ノエルも後に続いた。エドゥアールが最後に降り立つと、宿の支配人が揉《も》み手をして次期領主を迎えた。

エドゥアールも父が失脚したことなどおくびにも出さず、優雅に挨拶をする。

そのまま中に案内されたが、宿で一番いい部屋に通された。当然、値段も張る。

以前のエドゥアールならどうということはないが、限られた資金で長旅をする身にとっては、いささか手痛い出費だった。

（まあ、初日くらい仕方がないか。まだ領内だし。支配人も領主が失脚したことは知らないんだし）

領主の家族が泊まると言われたら、一番いい部屋を用意するのは当然だ。今さら、安い部屋にしてくれとは言えない。

一緒にいる御者や護衛が不思議に思うだろうし、エドゥアールにも惨《みじ》めな思いをさせてしまう。

これが最後の贅沢だ。エドゥアールにはゆっくり身体を休めてもらおう。

朝早く出発したので、まだ日は高かった。町の銀行も開いている。エドゥアールを宿に留守番させ、ノエルは銀行に預金を下ろしにいくつもりだった。

エドゥアール自身が保有する銀行預金は、莫大な金額だ。銀行の支店が保有する現金にも限りがあるので、すべてを引き出すのは無理だろうが、それでも交渉して、できる限りの額を持ち出そうと考えていた。

……その予定だったのだが。

「手形がない」

部屋に入り、エドゥアールの着替えを手伝って、さらにお茶の手配をした後、鍵付きの行李を開けたノエルは呆然《ぼうぜん》とした。

昨日、行李の奥に隠しておいたはずの銀行の手形がない。

手形だけではなかった。お金に困ったら換金しようと持ち出した、宝石や貴金属類がすべてなくなっていた。

「ど、どうして」

今朝、部屋から行李を持ち出す前にも一度、点検をした。あの時はすべて揃っていたのに。

「手形と宝石類なら、屋敷に置いてきたぞ」

青ざめていると、窓辺でお茶を飲んでいたエドゥアールがいつの間にか背後にいて、ノエルの肩越しに行李を覗き込んでいた。

「置いて、きた？」

聞き間違いかと思った。そうであってほしい。震える声で聞き返すと、エドゥアールはこくりと縦に首を振った。

「家令と相談して決めた。私たちがあれこれと持ち出すと、使用人たちに出す退職金が足りなくなるんだ」

今朝、出発する時に家令がエドゥアールと一緒にいた。行李の中身も詰め方が変わっていると思ったが、あの直前、二人で手形や宝石類を取り出したのだろう。

「相談もせず、申し訳ない。お前が、預金手形を持ち出しているとは思わなかったんだ」

啞然《あぜん》として言葉を失うノエルを見て、エドゥアールは悲しそうな表情になった。

「いえ。私もちゃんと何を持ち出すか断っておくべきでした」

急なことで、とにかくエドゥアールの今後の生活をどうにかしなければ、ということばかり考えていた。

金目の物は持ち出せるだけ持ち出さなくてはと思い、当のエドゥアールに断りを入れなかった。

普段なら、そんなことは絶対にしない。緊急事態だからだが、それでも正規の手順を踏むべきだった。

「申し訳ありません。私の落ち度です。勝手に主人の財産を持ち出したんですから」

なんてことをしてしまったのだろう。従者失格だ。いつも穏やかなエドゥアールが、悲しい顔をしている。彼を失望させてしまった。

「いや、お前のせいじゃない。謝ることはないんだ」

唇を噛《か》んで頭を下げると、エドゥアールが慌てた様子でなだめた。

「国を捨てて逃げ出す準備をしていたんだ。あれこれ財産を持ち出すのは当たり前だ。ただ私も家令も、お前が短い時間でそこまで周到に準備をするとは思っていなくてな。それもこれも、お前が優秀だからだ」

「エド様……こんな私に、ありがとうございます」

至らない従者を、責めるどころかそんなふうに慰めてくれるなんて。ノエルは感激した。

目を潤《うる》ませて見上げる従者に、しかしエドゥアールはどこか気まずそうに目を逸らす。

「そんな風に言わないでくれ。本当にお前のせいじゃないんだ。今朝、出発する前に言っておくこともできた。言わずに来たのは、不安だったからだ」

「不安？」

聞き返すと、エドゥアールはちらりとノエルを見る。すぐにまた、ふいと逸らされた。

「……ここまで金がなくなったのでは、さすがにお前も私から逃げたくなるんじゃないかと」

怖いものから目をそむけているように見えたのは、気のせいではないだろう。

ノエルが主人を見限って逃げ出すのではないかと、エドゥアールは本気で不安がっているのだ。

「すまない。ついてきてくれとは言ったが、お前だって、ここまで金がない状況は想定していなかっただろう？　今ならまだ間に合う。私と別れてくれていい」

エドゥアールの声音は穏やかで冷静だ。表情もそれほど変わらないが、長いまつ毛がわずかに震えている。両の拳《こぶし》が強く握り込まれていた。

「家令からもらった路銀を持っていっていい。退職金代わりだ。護衛と御者が屋敷に戻る時、一緒についていくといい。家令が次の仕事の紹介状を書いてくれるだろう」

「……もし私が言うとおりにしたら、エドゥアール様はその後、どうされるおつもりですか」

エドゥアールは、フッ、と自嘲《じちょう》気味に笑った。すでにノエルが逃げ出すことを確信しているかのようだった。

「どうとでもなるさ」

自暴自棄な声だった。

昨日、ノエルは急な話にも怯まず、エドゥアールについていくと言った。エドゥアールもノエルを信じてくれていて、お互い心が通じ合ったと思っていた。

でも、ノエルが多くの財産を持ち出したことで、エドゥアールは不安になったのだ。これらの財産がなくなっても、ノエルは一緒にいると言ってくれるだろうかと。

「どうともなりませんよ」

「えっ？」

「お金がなくなったら、どうにもなりません」

驚いた顔をするエドゥアールに、きっぱり言ってやった。

「この部屋だって、一泊いくらすると思ってるんです？　エド様は、大きいお金の計算はできるけど、生活費の計算はできないでしょう。お金もなくて私もいなくなったら、どうにもならないに決まってるじゃないですか」

まったくもう、とノエルは大袈裟にため息をついてみせた。

「お金がなかったら私がついてこないと思ってたんですか？　見損なわないでください。だいたい、私が財産を持ち出したのは、エドゥアール様のためですよ。贅沢するために生まれてきたようなあなたが、わずかなお金だけで生きていけるわけないでしょう。これから節約することを覚えてもらいますけど、それも急には無理でしょ。だから預金を持ち出そうと思ったんです。私だけだったらそんな大金なんかなくても、生きていけます」

ノエルがまくし立てると、エドゥアールはたじろぎ、切れ長の美しい目を見開いた。

「エド様は、もう主人と従者じゃないって言いましたよね。私……俺もこれからは、以前みたいに遠慮しながらじゃなくて、言うべきことは言っていきます。俺とエド様は一蓮托生《いちれんたくしょう》なんですから。たぶん口うるさくて、エド様こそ嫌になると思いますけど、俺は絶対にあなたのそばを離れませんからねっ」

鼻息荒く言ったので、最後にぷすっと鼻から変な音が漏れた。

「……ふっ」

エドゥアールが思わず、といった様子で笑ったので、ノエルは恥ずかしくなる。顔を赤くするノエルに、エドゥアールは口を押さえたが、

「すまん……ふっ……あははっ」

こらえきれなかったようで、ついに口を開けて大笑いをはじめた。

「お前は……ははっ、やはり最高だ……くっ」

「な、なんですか。人の鼻息がそんなにおかしいですか」

大事な話をしていたのに。

「いや、お前の言葉に感動していたんだ。すごく心に響いた」

「白々《しらじら》しい」

「本当だよ」

エドゥアールは目に涙が滲《にじ》むくらい笑っていたが、不貞腐《ふてくさ》れるノエルを見て、懸命に笑いを引っ込めようとしていた。

どうにか笑いをおさめると、目元を拭《ぬぐ》って真顔になる。いつもの柔らかな眼差しで、ノエルを見下ろした。

「お前の心を疑ってすまなかった。ありがとう、ノエル。改めて、これからどうかよろしく頼む」

美しい瞳に見つめられ、真面目《まじめ》にそんなことを言われると、エドゥアールの美貌を見慣れていてもドキドキしてしまう。ノエルはぎこちなくうなずいた。

「は、はい。俺……私のほうこそ、出過ぎたことを申しまして……」

「ほら、これからそういうのは無しだ」

エドゥアールが言い、優美な人差し指が、ちょんとノエルの唇に触れた。

「これからは主人と従者ではない。私はお前の相棒だ」

「相棒……」

「お前は一蓮托生だと言っただろう？　だから我々は人生の相棒だな」

冗談めかして言い、軽く片目をつぶって見せる。ノエルがやったら気障《きざ》すぎて道化だが、エドゥアールなら様になる。

「人生の……」

「嫌か？」

くすぐるような甘い声に、ノエルは慌ててかぶりを振った。

人生の相棒、それはもう夫婦と同義ではないか。

（いや、そんなわけはないけど）

夫婦とか恋人とか、そういう意味でないことはわかっている。

エドゥアールは、二人の立場が平等だと言いたかったのであって、「人生の」という修飾語にも、ノエルが感じるほどの意味や重みはないのだろう。

それでもいい。今、エドゥアールの一番近くにいるのは、恋人でも親兄弟でもなく、正真正銘ノエルなのだ。

そのことが、ノエルはたまらなく嬉しかった。

ノエルはエドゥアールが大好きだ。エドゥアールはノエルのすべてだと言ってもいい。

恩人でもあるし、初恋の相手でもある。

エドゥアールの従者になった当初は、ひたすら主人を崇拝していた。

それも無理からぬことだと思う。

当時のノエルはまだ七歳で、人生のどん底にいたところを、エドゥアールに救われた。エドゥアールも十一歳の子供だったが、ノエルにはうんと大人に見えたし、実際、エドゥアールは年の割に大人びていた。

ノエルの母が亡くなると、自分の従者として雇い、いつもそばにいてくれた。

本当にいつもだ。使用人は夜には自分の部屋に下がるが、お前は僕の従者だからと、エドゥアールは自分の部屋でノエルを寝起きさせた。

いちおう、エドゥアールの寝室の端にノエルの寝台が用意されたが、毎夜ノエルが眠るのは、エドゥアールの寝台だった。

母親が亡くなったのが寂しくて、これからの生活も不安で、夜にべそべそ泣いていると、エドゥアールが抱き締めてくれる。

「お前は僕の従者だ。これからは僕がいる」

繰り返しそう言って、ノエルが眠りにつくまで背中を撫でてくれた。母のいない悲しみが徐々に癒え、ノエルがラギエ家の生活に馴染《なじ》むまで、それは続いた。

気持ちが落ち着き、新しい生活に慣れてくると、エドゥアールの身の回りの世話をする傍ら、教師について勉強を教わるようになった。

これはラギエ家の方針で、どの使用人も最低限の読み書きができるようにと、王都と領地の屋敷にはそれぞれ専属の教師がいる。

読み書きを知らない使用人や、使用人たちの子供は皆、仕事の合間に読み書きや計算を習うのである。

「教養は大切だ。教養と礼儀が備われば、仕事の幅もうんと広がるだろう」

十一歳のエドゥアールがそう言っていた。彼は当時すでに神童と言われていて、大学で学ぶような難しい勉強をしていた。

エドゥアールにはとてもかなわないが、ノエルも頑張ろうと思った。

お前は優秀で仕事ができる、と言ってくれた主人の言葉を信じ、寸暇を惜しんで勉強に励んだ。

従者としての仕事も手を抜かなかった。エドゥアールの真心に応えようと、使用人頭《がしら》に教えられたことを懸命に覚え、主人が快適に過ごせるよう気を配った。

その頑張りを、エドゥアールも当時の使用人頭も認めてくれた。見どころがあるというので、読み書き以上の勉強も教わることになった。

最終的にノエルは、貴族並みの教育を受けることができた。

歴史や語学、簡単な詩作に、貴族の嗜《たしな》みと言われるリュートの演奏、馬術や武術の訓練もした。

使用人ながらにここまでの教育を受けられたのは、お前の努力の賜物《たまもの》だと、エドゥアールは言う。

「ラギエ家の当主は代々、人材育成の重要さを説いている。優秀な使用人に教育を施すのは当然のことだ」

確かにノエルも頑張ったけれど、普通の家はここまで手厚く使用人を育ててはくれない。そういう意味ではエドゥアールの父のおかげでもあるが、ノエルの才能を買って教育を受けられるよう、当主と交渉してくれたのは他ならぬエドゥアールである。

すべてはエドゥアールのおかげだ。

口に出して、そう言ったことがある。ノエルが従者になって数年経《た》った頃、十歳くらいの時だった。

「お前がそう考えるなら、僕のした投資は間違っていなかったわけだ。お前の教育にかかったのは、貴族の子の三分の一くらいの養育費だ。それだけで僕は、心許せる従者を得ることができたのだからな」

信頼は金を積んでも得られない。人を騙したり騙されたりすることが当然のように起こる世の中で、安心して身を預けられる相手を見つけるのは難しいのだと、エドゥアールは教えてくれた。

人生において重要なことは、すべてエドゥアールから教わった。

エドゥアールは大人よりいろいろなことを知っていて、それなのに威張《いば》らない。ノエルが物知らずでも馬鹿にしたりせず、優しく教えてくれる。

それにエドゥアールの言葉はわかりやすく、彼が口にする人生の教訓は実感がこもっていてノエルの心に刺さった。

エドゥアールはすごい。巷で神童と呼ばれているけれど、神の使い、いや神そのものかもしれない。

そんな崇拝を経た後、ノエルも少しずつ世の中のことがわかるようになり、エドゥアールが神などでなく、また決して完璧《かんぺき》ではないことを知った。

エドゥアールは意外と気まぐれで、学問なども一時はものすごい集中力で一つの研究に没頭するのだけど、少しすると飽きてしまう。

好奇心旺盛で、興味を覚えたことは何でも手をつけるのに、どれも長続きしない。

絵画に作曲、料理、刺繍《ししゅう》……始めた途端みるみる上達し、あっという間に玄人《くろうと》はだしとなるのだが、そこで興味を失うらしい。

今のところ続いているのは、詩や小説、戯曲といった執筆関係の趣味だ。

詩作については十代の半ばから、その才能をもてはやされていたが、芸術家肌で気分が乗らないと詩を作らない。

小説も戯曲もあちこちから新作をとせっつかれているのに、こちらも気分次第で書いたり書かなかったりした。

恋愛についても飽きっぽかった。

声変わりを終えて男らしく成長するにつれ、エドゥアールは色事に興味を示し始めた。最初は年上のご婦人たちとおしゃべりや遊戯に興じるのみだったが、そのうち彼女たちにあれこれ艶ごとの指南を受けるようになった。

何でも器用にこなすエドゥアールだから、恋愛も房中術もお手の物だっただろう。

社交界の中心にいる女性たちが次々とエドゥアールを誘い、彼もまた次々とその手を取っていった。

今夜は戻らないからとノエルに留守番を命じた主人が、出先で女性と何をしていたのか知った時、ノエルは得も言われぬ悲しみと喪失感を覚えたものだ。

苦しくて苦しくて、それで自分の気持ちを自覚した。

神だと思っていた神童は飽き性で魅力的に成長し、いつしかノエルに恋心を抱かせていた。

毎日の着替えや入浴の時、主人の美しい裸に目を奪われそうになり、夜ごとその姿を思い描いては胸を高鳴らせていたのも、恋ゆえだった。

気づいたところで、どうしようもない。エドゥアールは貴族の嫡男で、ノエルはその従者だ。身分が違う。

それでも、もし自分が女だったら……という虚《むな》しい夢想にしばし取り憑《つ》かれた。

もし従者ではなく侍女だったら、結婚相手にはならなくても一時くらいは恋の相手にしてもらえたかもしれない。

自分が女になって、おとぎ話みたいに身分の差を超え、エドゥアールの妻になる想像をしたりもした。

そのうち、エドゥアールの遊び相手が女性だけでなく、男性もいるとわかって、そんな夢も見なくなったが。

「ノエル、知っているか？　男同士は後庭を使うんだ。つまり肛門性交だな。まあ、別に挿入するばかりが快楽ではないのだが。実に興味深い。私はやったことがないが、入れられるほうも気持ちがいいらしいんだ」

男色を覚えたての頃、エドゥアールが嬉々《きき》としてノエルに説明してくれた。ノエルは十六歳になったばかりだった。

ノエルは女性の裸どころか、素足を見ただけで慌てるくらい初心《うぶ》だったから、真っ赤になって焦る従者を見て楽しんでいたのだろう。

「エド様には、男性の恋人もいらっしゃるのですか」

呆然としていると、エドゥアールはしれっと、

「今回は恋人というわけではないが、まあそうだな。そう珍しくもないぞ。やり方は、男も女も大して変わらない。ノエルももし将来、恋人ができたらやり方を教えてやろう」

あっけらかんと言われ、さらに落ち込んだ。

エドゥアールに男の恋人がいた。彼は男色も厭《いと》わなかったのだ。

でもどのみち、ノエルには関係がなかった。エドゥアールはノエルなんか見ていない。女になったからといって、相手にしてもらえるわけでもない。

ノエルはエドゥアールの従者だ。それ以上でもそれ以下でもない。

信頼してもらっているけど、恋愛の対象として見られることはない。たぶん、この先もずっと、一生。

そのことを理解した時は、恋心を自覚した時分と同じくらい、悲しくて苦しかった。

失恋したのにエドゥアールへの気持ちはなくならず、これからもこの苦しい思いを抱えていかなければならないのかと絶望した。

いっそ従者を辞めようかとも考えた。でも辞めたら、エドゥアールをがっかりさせてしまう。ここまで育ててもらったのに、彼を裏切ることにもなる。

それに、エドゥアールと離れるのも、失恋と同じくらい苦しいことだった。

結局、ノエルはエドゥアールのそばにいることを選んだ。

恋人ではないけれど、従者であればエドゥアールのそばにいられるのだ。

エドゥアールの恋の相手は大勢いるが、いずれも長続きしていない。どうもエドゥアールは、刹那《せつな》的な関係を楽しんでいるようだった。

「とても素敵なご婦人と出会ったんだ。今度こそ運命の相手だと思う」

などと言うわりに、すぐに別れてしまう。

「今度こそ、運命だと思ったんだけどな」

振ったのか振られたのか、恋人と別れた時は寂しそうにしているのに、もう翌日には別の相手と遊びに出かけたりするのだ。

「今度の青年こそ、運命の相手だと思う。やっぱり男同士がいいな。気兼ねがなくて」

と、言っていた相手とも、何が理由か知らないが三か月ほどで疎遠になった。

エドゥアールの恋は長続きしない。でも従者なら、別れる心配もない。

ノエルはある時から割り切って、そう考えることにした。

これまでと同様、いやそれ以上に誠心誠意、主人に仕えていこう。いずれエドゥアールは、やんごとなき貴族の令嬢と結婚する。

家庭を持ったら、その家族ごと支えるつもりでエドゥアールに仕える。

ノエルは覚悟を決めた。ただ当時、エドゥアールは二十歳で、結婚するのはもう少し先だと思っていた。

縁談は、エドゥアールが十八を過ぎた辺りから次々に舞い込んでいたが、いずれもエドゥアールが突っぱねて見合いすら実現したことがなかった。

王都の貴族は以前より晩婚化が進んでいて、特に男性は二十代半ばで独身なのも珍しいことではない。

エドゥアールも結婚なんて気乗りがしないと言っていたのだ。

まさかその翌年、結婚してしまうなんて思ってもみなかった。

「夜会で見かけて雷に打たれた気がしたんです。彼女が運命の相手だったということでしょうね」

結婚式の披露宴でエドゥアールが来賓《らいひん》にそう言っているのを聞いて、ノエルはまた、失恋したような気持ちになった。


宿屋では、頼めば朝食と夕食が出る。

普段の旅行では部屋で食事を摂るところを、エドゥアールは一階にある食堂で食べたいと言い出した。

「これからは私も平民だ。大衆と食事をすることに慣れなくてはな」

なんてことを言うので、気を張りすぎてはいないかと、逆に心配になる。

「それに食堂なら、相棒のお前と一緒に食事ができるだろう？」

ノエルの内心を読んだのか、エドゥアールは続けて言った。

ノエルは従者なので、主人と食事をすることはまずない。今まではなかった。

「じゃあ、宿の支配人にそう伝えておきます。これから買い物に行くので、そのついでに」

エドゥアールと一緒に食事をする。現金なもので、それだけで嬉しくなり、ノエルはそそくさと部屋を出ようとした。

「私も行こう」

言って、エドゥアールがすっとノエルの横に並ぶ。ノエルが驚いていたら、彼は苦笑めいた微笑みを浮かべた。

「身の回りのことは一切合切お前に任せていたが、今後は私も、自分でできるようにならないとな。手間だろうが、勉強のために同行させてくれ」

ノエルは感心した。自分の置かれた立場を受け入れて、実際に行動しようとする。エドゥアールのこういう柔軟さは、本当にすごいと思う。

他の貴族はまず、エドゥアールのように意識を切り替えることはできないはずだ。

「エド様のそういうところ、すごく尊敬するし助かります」

素直に思ったことを口にすると、エドゥアールはちょっとはにかんだ顔をした。美男がはにかむと、胸がぎゅんと搾《しぼ》り上げられるくらい可愛らしい。

おかしな声が漏れそうになるのをこらえ、エドゥアールと共に部屋を出た。

階下に降りると、帳場にいた支配人に声をかけ、逗留《とうりゅう》中の食事は食堂で摂らせてもらうよう頼んだ。

「若様と従者のお二方、同じお席でですか」

支配人は目を瞠《みは》りながら、確認するようにエドゥアールとノエルの顔を交互に見た。エドゥアールはうなずき、ノエルの肩を抱く。

「彼はもう従者ではなくて、私の相棒なんだ。相棒なら一緒に食事を摂るべきだろう？」

いたずらっぽく言うのに、他意はないとわかっていても、ノエルはくすぐったい気持ちになった。

支配人は、「相棒、ですか」とつぶやき、赤くなるノエルをちらりと見て、何か合点《がてん》がいったように大きくうなずくと、

「かしこまりました。そういうことでしたら、お二人のお席を食堂にご用意させていただきます。そうですね、奥まった窓際のお席を」

にっこりと、慈愛に満ちた笑顔をノエルとエドゥアールに向けた。

エドゥアールが男女関係なく浮名を流しているのは、領地でも有名である。支配人はどうも誤解をしたようだ。

「いえ、あの」

エドゥアールの名誉のためにも、誤解は解いておかねば。そう思って口を開きかけたのだが、エドゥアールはノエルの肩をぐいと抱いて「ああ。そのように頼む」と言い切ってしま

った。

「では、少し出かけてくる」

ノエルの肩を抱いたまま歩き出し、支配人は何もかも理解している、という笑顔で二人を送り出した。

「エド様、あの」

支配人が誤解をしているようだ。宿の玄関を出ながら言いかけた途端、エドゥアールが「それ」と、遮った。

「その呼び方も不要だろう。相棒だから、呼び捨てでいいんじゃないか」

ノエルは「ええっ」と大きな声を上げてしまった。

「無理です、そんなの」

エドゥアールを気軽に「エド」なんて呼べない。慌てるノエルがおかしかったのか、エドゥアールは、「あはは」と快活に笑った。

「まあ、おいおい、だな。私がすぐに平民のように振る舞えないのと同じで、お前も私をすぐに自分と同等には扱えないだろう」

それは真理だ。エドゥアールに、今後の生活に合わせて変わってほしいと思いながら、ノエル自身はいまだエドゥアールを主人だと思っていて、頭を切り替えることができない。

今後の生活のためだというなら、ノエル自身も意識を変えるべきなのだ。

「私たちはまだ、相棒になったばかりだ。少しずつ変わっていこう」

エドゥアールは明るく言って、街へと歩き出した。

ノエルが何を考えているのか、勘のいいエドゥアールはいつも、すぐに気づいてしまうようだ。

「わかりました。俺も変わるようにします。でも、あの、落ち着かないので、肩を抱くのはやめていただけますか」

相変わらず肩を抱き続けたまま歩くので、道を行く人が珍しそうに見ていく。ノエル自身も落ち着かない。

「ははっ、そうか。落ち着かないか」

「歩きにくいですし、男同士だと目立ちます」

ただでさえ、エドゥアールの美貌は人目を引く。王都やラギエ家の領内はもちろん、エドゥアールの美貌は国中で有名だ。絵姿を見たことがない者でも、エドゥアールの顔を見たら、あれがラギエ家の若様だと気づくだろう。

「俺たちは逃亡中、お尋ね者なんですよね。あまり目立つのはまずいんじゃないでしょうか」

宿の支配人にも、行き先はオルダニーだと言ってあるけれど、人目につく行動をすると追いかける側に余計な情報を与えることになる。

「なるほど。お前は賢いな」

エドゥアールはそう言って、ようやく離れてくれた。

「エド様が呑気《のんき》すぎるんですよ」

捕まったらどうなるかわからない、と言っていたわりに、どうにも緊張感がない。やっぱり自分がしっかりしないと……と、ノエルはこれで何度目かになる決意をするのだった。

ノエルとエドゥアールは、最初に書店に行って地図を買った。屋敷にも地図はあったが、どれも縮尺が大きい。これから自分たちで馬車を駆らねばならず、慣れない旅路に詳しい地図が必要だった。

「観光本も買っておこう。参考になるかもしれない」

書店の本棚を眺め、エドゥアールは片っ端から欲しい本を買おうとした。それも装丁の豪華な高値の本ばかり選ぶ。

「そんなに持って行けません。そんな分厚くて豪華な本、一冊いくらすると思ってるんです。まずは中身を確認して、どうしても必要だと思う本を一冊だけ選んでください」

人間、そうすぐには変われない。ノエルが小言を言い、エドゥアールは渋々手に取った本を戻した。

よく吟味して、どうしても一冊に絞れないと言い、二冊の旅行本を買うことになった。

またもや、ノエルの予想外の出費となった。気をつけなくちゃ、と内心でつぶやき、勘定を済ませて書店を出る。

次は市場へ向かった。

「安全を考えて、なるべく野宿はしない予定ですが、何が起こるかわかりませんからね。保存の利く食料と水、薪《まき》なんかも買っておきたいです」

「なるほど。野宿の可能性もあるんだな」

「非常時ですけどね。そうならないように、無理のない旅程を組んだつもりです」

昨日、国外に逃げると決まった時から、荷物をまとめる傍ら、逃亡の計画を立てた。

できるだけ安全で、なるべく人目につかない道を行き、かつ一日の終わりには宿がありそうな町や村に辿《たど》り着ける旅程だ。

とはいえ、屋敷にある地図と各地の資料を読んでまとめただけで、行ったことのない場所ばかりだ。事前の情報と違うところもあるだろうし、何が起こるかわからない。

水はどこかで手に入るだろうが、食料は多めに買った方がいいか、などと、市場を歩きながらノエルは悩んだ。

しかしエドゥアールのほうは、物珍しそうにキョロキョロと辺りを見回している。

「おお、市場というのは食べ物以外の物も売っているんだな。あっ、あれはなんだ？　ノエル、ノエル、あれを買おう。あれはこれからの旅に必要だぞ」
子供みたいなはしゃぎっぷりだ。一人で遠くの露店に走り出そうとするから、ノエルは慌ててエドゥアールの服の端を摑《つか》んで止めた。

「一人で行かないでください。キョロキョロしてたらスリにやられますよ。今度は何を買おうっていうんですか」

エドゥアールが向かおうとしているのは、がらくたが積まれた店だった。廃棄された物を拾ってきて、修理したり、あるいはそのまま売ったりする店だ。

「帆布《はんぷ》だ。野宿するかもしれないんだろう。前に読んだ本に、軍の野営に帆布を使うと書いてあったんだ。雨露をしのげるぞ」

そんなことを言いながら、踊るような足取りで店の前に立つ。露店の主人は、身なりのいいエドゥアールを見て、金持ちのいいカモが来たと思ったようだ。「お安くしておきますぜ」などと、すかさず売り込んでくる。

「馬車があるから、雨露は凌《しの》げます。第一この帆布、穴が開いてるじゃないですか。こんなの使えませんよ」

「繕《つくろ》って使えばいいい。こう見えて裁縫は得意だ」

「へへっ、旦那様。今ならなんと、もう一枚！　同じお値段で、こっちの帆布をお付けしますぜ」

「おお」

店主が盛り上げてくる。エドゥアールが釣り込まれるので、ノエルは慌てて止めた。

「そんなに帆布ばっかり持ってたって、しょうがないでしょう」

「いえいえ、帆布は何枚あっても無駄になりませんよ。帆布が二枚でこのお値段。それになんとなんと！　今なら！　この荷縄を二本お付けします！　これはお買い得！　もうこんな機会は金輪際《こんりんざい》ありませんぜ」

荷縄なんてどうするんだ、と思ったが、エドゥアールはすっかり買う気になっていた。

「ノエル、お買い得だぞ。帆布ときたら荷縄も買わなければと思っていたんだ。縄の結び方なら、前に付き合っていた兵士から聞いたことがある」

前に付き合っていた兵士とは誰だ。初耳である。そして、ノエルがそちらに気を取られている間に、エドゥアールは店主に値切り交渉を始めていた。

「いやもうこれ以上は」「もう一声」などと、白熱する交渉の末、最初の三分の二の値段で取引が決まっていた。

「いい買い物だった」

「久しぶりにこっちも熱くなっちまいましたよ。旦那も値切り上手だ」

店主とエドゥアールは何やら気が合ったようで、最後はがしっと手を握り合っていた。

その横で、ノエルは渋々財布を開いて金を出す。また予定外の散財をしてしまった。

本当は、ここできっぱりノエルが「要りません」とはねのけるところなのだろう。盛り上がっている二人に水を差せない、己の弱さが情けない。

苦い気分で金を払い、帆布と荷縄を受け取ると、横からエドゥアールがひょいとそれを取り上げた。

「重いだろう。これからは私も荷物持ちをしなくてはな」

にっこりまばゆい微笑みを向けられ、ノエルも単純なのでほだされてしまった。

(まあ、散財と言っても、本よりうんと安い出費だったし、大丈夫だ)

もうこれ以上、予定外の買い物をさせなければいい。

「ノエル、ノエル！　林檎だ。林檎を買おう！」

帆布と荷縄を抱えたまま、エドゥアールが次の露店へ走っていく。ノエルは大きくため息をついた。

買い物を終えて宿に戻り、夕食の時間に食堂へ降りると、奥の落ち着いた席に案内された。エドゥアールは優雅に席に着くと、食堂の案内係に礼を言い、気取らない仕草でノエルに心づけをはずむよう促した。

気前のいい領主の若様に、給仕係はほくほく顔だ。財布を開いたノエルに対しても愛想がよかった。

「まだ怒っているのか？」

ノエルが向かいに座ると、エドゥアールが顔を覗き込んできた。

「怒ってません。落ち込んでるんです」

「なぜ落ち込むんだ」

「エド様の散財を止められなかったからです。これからのことを考えたら、お金はできるだけ節約しないといけないのに」

帆布を買った後、エドゥアールは林檎を売っている店に行き、大きな箱いっぱいの林檎を買ってしまった。まとめ買いするとお得なのだという。

さらに同じ店でかぼちゃも売っていて、ひと抱えもある大きなものを丸ごと一つ買った。

確かに食料はある程度、買う予定だった。林檎もかぼちゃも日持ちする。しかし、二人旅でそんなにたくさんの林檎とかぼちゃが必要とは思えない。

野営するかもしれないからと、作業用の小刀に、お湯を沸かすやかん、煮炊きのための鍋まで買い込んだ。もうすっかり野宿するつもりでいる。

ノエルも、止めようとしたのだ。行く先々に宿はあるはずだし、野宿は本当に万が一の非常時だ。

何度かそう言ったのに、「備えあれば憂いなしだぞ、ノエル」と、エドゥアールはろくに聞いてくれない。

昔からそうだ。ノエルの小言も嫌がらずに聞いてくれるけれど、自分が一旦《いったん》こうと決めると、人の忠告を右から左に流してしまう。

次々に取引を決めては、支払いはノエルに任せて次の店に行くので、ついに追いかけきれなくなった。

他にもチーズや干し肉、葡萄酒《ぶどうしゅ》を予定以上にたくさん買い込んで、ノエルが頭の中で決めていた予算を大きく上回ってしまった。

「何度も言いますけど、これからは決められた予算で生活しなきゃいけないんですよ。食堂の案内係に払う心づけまでケチりたくありませんけど、エドゥアール様が後先考えずに買い物をしていたら、こういう食堂さえ入れなくなってしまいます。宿代だってなくなって、それこそずっと野宿ですよ」

「それも楽しいかもしれないな」

「楽しくありません！」

初日からこんなふうで、大丈夫なのだろうか。一気に不安が増す。買い物から帰って、ノエルの気持ちは沈む一方だ。

「ほら、料理がきた。まずは食べよう」

ノエルが今後のことを考えてどんよりしているのに、エドゥアールは呑気なものだ。思わず向かいの美男を睨みかけたが、給仕係がいい匂《にお》いのする皿を運んできて、反抗心も緩んだ。

上品な前菜とスープ、それにまだ温かい焼きたてのパンが並べられ、グラスに葡萄酒が注がれる。

「美味《おい》しい」

葡萄酒を飲んで、ホッとする。エドゥアールもグラスを傾け、「うん、いい葡萄酒だ」とうなずいた。

領地の外れとはいえ、高級宿だ。食堂も上品で料理も上等である。酒も良質だった。

そして、そういう葡萄酒の良し悪《あ》しがわかるくらいには、ノエルも贅沢に慣れている。エドゥアールのことをとやかく言っていたけれど、自分も質素な生活に耐えられるだろうか。

せっかく美味しい料理を食べているのに、考え始めると憂鬱《ゆううつ》な気分がぶり返す。

「先ほどの話だが」

美しい所作でスープを飲み、エドゥアールは切り出した。無駄遣いの話だと思い、ノエルも黙ってうなずく。

「道中、私とお前で恋人のふりをするというのは、どうだろうな」

ところが、エドゥアールが口にしたのはまるで予想と違っていた。ノエルは葡萄酒を咽《む》せそうになる。

「なんの話ですか」

「少しずつ変わっていこう、という話さ。まずは形から入るんだ。主人と従者ではなく、対等な人間同士、つまり恋人だ」

「友人では駄目なんですか」

エドゥアールの発想が突飛《とっぴ》なのは、今に始まったことではない。恋人、という単語に動揺しそうになりながら、ノエルは冷静さを装った。

「友人というのは曖昧な関係だな。ちょっと親しい友人から、恋人も羨《うらや》むような親友まで様様だ。恋人のほうがわかりやすい。そしてわかりやすくないと、形から入る意味がない」

ノエルが今もっとも懸念しているのは、二人の関係性ではなく残りの路銀なのだが、エドゥアールは自分の考えが気に入った様子で、期待に満ちた眼差しをノエルに向けてくる。

「嫌か？　私は恋人には尽くす男だぞ。浮気はしない。一途《いちず》に恋人だけを愛する」

それで、すぐに飽きてしまうんですよね、という言葉を飲み込んだ。

確かにエドゥアールは、浮気だけはしたことがない。交際するとなったら、他の相手を見ることはない。

その代わり、他に気が向いたらあっさり恋人と別れてしまう。

恋の数のわりに、修羅場《しゅらば》が少ないのはエドゥアールの人柄の為《な》せる業《わざ》なのだろう。でもあまり、褒められたものではない。

「旅が終わったら、恋人のふりは終わりなんですよね」

「はてさて」

ふふん、とエドゥアールは笑い、楽しげにグラスを揺らす。何がはてさてだ、と、ノエルは彼を睨んだ。

「わかりました。その案に乗ります」

ノエルが挑むように答えると、エドゥアールの顔がほころびかけたので、急いで「ただし」と、付け加えた。

「立場が対等だと仰《おっしゃ》るなら、これからは必ず俺に相談して買い物してください。俺もエドゥアール様に相談します。もしできずに、今日みたいに好き勝手に散財するなら、もうそんなの恋人じゃありません。その場で別れます」

エドゥアールは、切れ長の美しい瞳を大きく見開いた。ノエルは「守ってくださいますか」と、畳みかける。

琥珀色の瞳はすぐ、笑いの形に細められた。

「わかった、約束する。もう今日みたいに、はしゃいで好き勝手に走り回ったりしない。すまなかった。ああいう市場は初めてで、つい舞い上がってしまったんだ」

こちらが不安に思っていることは、ちゃんと理解してくれたようだ。

ノエルがホッとするのを見て、エドゥアールも葡萄酒のグラスを置いて、真面目な顔になった。

「これからお前は私の相棒で、恋人だ。愛《いと》しい人を困らせるようなことはしない。でも、そう言っても、うっかりはしゃいでしまうかもしれない。その時は恋人として叱《しか》ってくれ」

本当の恋人みたいに熱っぽい視線を向けられ、ノエルはどぎまぎした。

「あくまで、恋人のふり、ですからね？」

自分にも言い聞かせるつもりで、釘《くぎ》を刺した。

「主人と従者だった俺たちが、本当の意味で対等になるための手段、あくまでも形です」

「もちろん、その通りだ。ただまあ、形から入って本当になることはあるかもしれないが」

ね、と甘い猫撫《ねこな》で声で言って、エドゥアールは気障っぽく片目をつぶった。

(この人は本当に、もう)

ツンとそっぽを向きながら、ノエルは胸の内でそっとつぶやく。

罪な人だ。ノエルの気持ちを知らないからこそ、こうした提案ができるのだ。こちらはもう、嬉しくて舞い上がりそうなのに。

形だけ、ただのふりだと念押しが必要なのは、ノエルの方だった。

でも、ここで期待をしてはいけない。ほんの少しでも期待や希望を抱いたら、後でそれが消えた時、余計に悲しくなる。

今までの人生を振り返り、ノエルは自分を戒《いまし》めた。

長年、胸に秘めた恋が報われるかも、などとは考えないほうがいい。自分の使命は、エドゥアールを無事に異国へ逃がすこと。

そして、エドゥアールが自力で生活できるようになるまで、支えることだ。

エドゥアールが言う対等な関係は、本当の意味では実現しないと、ノエルは思う。

だって、「惚《ほ》れた弱み」と言うではないか。あるいは、「より好きになったほうが負け」とも。

ノエルの恋心を知らないエドゥアールは、従者だったノエルと恋人になることで、関係の変化を図ろうと思ったのだろう。

でもノエルはとっくにエドゥアールに心を捧げていて、この身にかえても彼を助け、尽くしたいと思っている。

ノエルにとって、エドゥアールは自分のすべてだ。この胸の内には、大恩と尊敬と恋とが複雑に絡《から》み合っている。今さらエドゥアールと対等になんて、なれっこないと思う。

エドゥアールの言う「対等」がもし実現するとするなら、彼がノエルと同じ強さ、同じ意味でノエルを愛することだが……。

「では、私の宝石《モン・ヴィジュ》。煌《きら》めくお前の瞳に乾杯しよう」

気取った仕草でグラスを掲げる自称・恋人を見て、ノエルはちょっと嘆息した。

（ま、無理だよね）

やっぱり、自分だけでもしっかりしなければ。

あまり期待は抱かない。今はとにかく、エドゥアールが昼間のように散財しないと約束してくれただけ、良かったと思うことにしよう。

次々に出てくる美味しい料理を食べながら、ノエルは旅に出て何度目かになる決意を固めた。


翌日から、エドゥアールとノエルの二人旅となった。

ここまで付き合ってくれた護衛と御者には、宿屋で別れを告げた。エドゥアールが二人に心づけをはずみたいと言い、ノエルも快く応じる。

護衛も御者も世話になった。こういう出費をケチりたくないし、そうならないようにするには、日頃から財布の引き締めが必要だ。

二人旅の滑り出しは、まあ順調だった。とても順調、というには語弊がある。

最初に、御者台にどちらが座るかで揉めた。

ノエルは道中ずっと、自分が馬車を操るつもりだったのだが、エドゥアールは恋人同士でどちらか一方に負担を強《し》いるのはよくない、と突っぱねた。

「そんなことをしていたら、お前の身がもたないぞ」

エドゥアールの言うことも一理ある。そこでノエルは、交替で御者台に座ることを提案したのだが、気づいたらなぜか、エドゥアールと二人で御者台に並んでいた。

「二人で運転したら、どっちも休めないじゃないですか」

宿を出て街道に向かいながら、ノエルが愚痴《ぐち》をこぼす。エドゥアールは、「まあまあ」と笑ってなだめながら、器用に手綱《たづな》を捌《さば》いていた。

その手綱の扱いは危なげがない。ノエルよりよほど上手だ。

「冷たいことを言わないでくれ、私の兎《モン・ラパン》ちゃん。恋人になった翌日にすぐ、馬車の内と外で別れ別れになっていたのでは、愛も囁《ささや》けないじゃないか」

「囁かなくていいです。あとその、甘ったるい呼び方はやめてください」

「悲しいことを言うね」

昨日の夕食で恋人宣言をしてからというもの、エドゥアールは事あるごとに、甘ったるい呼びかけをしてくる。

昨夜は就寝前、おやすみの接吻《せっぷん》までされた。額《ひたい》にだったが。

宿屋は幸い、主寝室と従者の控えの寝室に別れていたので、どうにかゆっくり眠ることができた。

もし今日、次の宿に着いた時、「恋人なんだから同じ寝台で寝よう」なんて言われたらどうしよう。エドゥアールなら言いかねない。

お金を節約したいから、二人一部屋で泊まりたい。でも寝台は別でないと、同じ寝台なんて落ち着かなくて、ノエルは眠れない。眠れないと、翌日の行動に差し支える。

頭の中であれこれ悩んでいたのだが、そんな相棒の葛藤《かっとう》など知らぬふうで、エドゥアールはご機嫌で馬車を操っていた。

この日は朝から天候に恵まれ、ぽかぽかと暖かな日差しを受けながら馬車に揺られて街道をひた進んだ。

風と適度な揺れが心地よく、たびたび眠気が襲う。エドゥアールも同様なのか、ちょくちょく話しかけてくる。

「ノエル、見ろ。一面の葡萄畑だ」

そのたびにノエルはハッと覚醒した。もしも一人で馬車を運転していたら、危なかったかもしれない。

エドゥアールは、それを見越して御者台に座ったのだろうか。そうかもしれない。エドゥアールは何も考えてなさそうで、わりと先を読んでいる時がある。本当に何も考えていない時もあるが。

きっとエドゥアールはあえて二人で御者台に座ったのだ。良いように考えることにして、ノエルも他愛のない会話を向けてみる。

「そういえば、ジョルジーヌ様のところにご厄介になるのに、手土産《てみやげ》の一つも必要ではないでしょうか」

「そうだな。いくらあそこの夫婦に貸しがあるとはいえ、男二人が転がり込むなら、手ぶらというわけにもいかないか」

あの夫婦は土産など期待しないだろうが、お世話になる身としては、それなりの誠意を表したい。

「何がいいですかね。ジョルジーヌ様は元貴族で、その夫のヤコブス様も、平民とはいえ大きな商家の方ですし。有名なお菓子なんかがいいでしょうか。道中で売ってるかな」

「酒がいいだろうな」

エドゥアールは、考えるまでもない、というように即答した。

「え、お酒ですか」

「道中、オルダニーに寄ることがあるだろう。あそこで酒を買っていこう。ジョルジーヌはああ見えて酒に強くて、酒好きなんだ。甘い物はあまり好きじゃない」

「ええっ、それは知りませんでした」

初めて聞く話だった。一時は一つ屋根の下で暮らしたこともあったというのに。

「知らなくて当然だ。我が家にいた時は猫をかぶっていたからな。それもたったの半年足らずだったし」

「でも、エド様はご存知《ぞんじ》だったんですよね」

「――夫婦だったからな」

そう言ったエドゥアールの声音は、どこか懐かしむようだった。楽しい思い出を振り返るような、柔らかく優しい声だ。

そうしたエドゥアールの横顔を、ノエルは複雑な気持ちで見つめる。エドゥアールはノエルがこちらを見ているのに気づき、にやりと笑った。

「なんだ、私の美貌に見惚《みと》れているのか？」

ノエルはため息をついてみせた。

「自分で言わないでください。まあ、エド様が見惚れるほどの美男子なのは本当ですが」

「おお、私の狼《モン・ルル》ちゃん。御者台で口説《くど》かれるとは思わなかった。意外と肉食だな」

「口説いてません！」

むきになったおかげで、完全に目が覚めた。ついでに、ノエルの複雑な気持ちも和らいだ気がする。

その後も二人は、比較的平坦《へいたん》な街道をぽくぽくと馬車で進んだ。

ジョルジーヌは、かつてほんのわずかな間だけエドゥアールの妻だった人だ。

エドゥアールが二十一歳の時で、いつもなら断る見合いの話を珍しく受けたかと思ったら、あれよあれよという間に話が進んだ。

ジョルジーヌの家はラギエ家と同様、裕福な名門貴族で、父親はラギエ侯の友人だった。といっても、ジョルジーヌはずっと領地で暮らしていて、王都には滅多に出てこなかったので、エドゥアールとは結婚の直前まで面識がなかったようだ。

「ノエル。私は結婚することにしたぞ」

見合いの直前、どこぞの夜会に出席したエドゥアールが、帰りの馬車でそう告げた。

「結婚。あの、女性歌手とですか」

当時のエドゥアールは、人気歌手と付き合っていたのである。それも、エドゥアールにしては珍しく長続きしていた。貧しい家の出身だとかで、父のラギエ侯は「結婚と恋愛は別だからな」と、わざわざ釘を刺していた。

「いや、彼女とはさっきの夜会で別れた。向こうも私以外に、気になる男ができたと言っていたから、ちょうどよかった」

父親は結婚の心配さえしていたというのに、あまりにもサバサバしすぎているが、エドゥアールには珍しいことではない。

「では、お相手はどなたなんです。旦那様がお許しになるでしょうか」

「父は喜ぶだろうよ。家柄は申し分ない。ノエル、帰ったら手紙を書くから、すぐにその用意をしてくれ」

エドゥアールは上機嫌だった。新しいいたずらを思いついたように興奮している。

ノエルの頭には、「結婚」という言葉がぐるぐると回って気持ち悪くなりそうだった。

エドゥアールが結婚する。いつかこの日が来ると思っていた。でも、思っていたよりうんと早かった。

もう何年も舞い込む縁談を断って、「相手は自分で選びたい」と、言っていた。つい先日だって、「まだ結婚したくない」などと言っていたのに。

夜会から帰宅すると早速、エドゥアールは一通の手紙をしたためた。相手は、エドゥアールの母方の伯父《おじ》、モルヴァン伯という人物だった。

数日後、そのモルヴァン伯を通じて、さる貴族の令嬢との縁談が舞い込んだ。

ジョルジーヌ・ド・ルセ。それが令嬢の名前だった。

言うまでもなくこの縁談は、エドゥアールが伯父に橋渡しを頼んだのだろう。詳しいことは教えてもらえなかったが、あの夜会の日にジョルジーヌと出会い、結婚を決意したに違いない。

とにかくエドゥアールは見合いの話を快諾し、これまたすぐ数日後に、見合いが行われた。

そしてその場で、エドゥアールは貴族の令嬢に求婚した。

「あなたが私の運命だ。ぜひ結婚してほしい」

見合いの会場となった薔薇園《ばらえん》で、両家の親とモルヴァン伯夫妻、それに従者のノエルが控えている前で、エドゥアールはジョルジーヌにひざまずき、薔薇の花を一輪掲げて、愛を誓った。

「私は他の貴族の男たちのように、浮気はしない。愛人も囲わない。あなたを大切に守ると約束する。どうか私の愛を受け取ってくれ」

ジョルジーヌは控えめな仕草で薔薇の花を受け取り、頬を染めてうなずいた。周りは喝采《かっさい》した。

ノエルも喝采に加わった。ジョルジーヌは美しくたおやかな令嬢だった。家柄は、ラギエ家にとってこれ以上ないくらい申し分ない。

何より、エドゥアールが自分から望んで結婚するのだ。これほどめでたいことがあるだろうか。

そう思っているのに、心から祝福したいのに、あの時は泣き出したくてたまらなかった。

とうとうエドゥアールが結婚してしまう。今まではノエルが一番、エドゥアールの近くにいた。

誰と付き合おうと、朝帰りしようと、一番長くエドゥアールのそばにいるのはノエルだった。

でも、これからは違う。エドゥアールに一番近い存在は、当然ながら妻になるだろう。子供ができたら、エドゥアールの中でノエルの存在はますます小さくなってしまう。

結婚が決まった日の夜、ノエルは一人で泣いた。目が腫《は》れないように井戸水でひっきりなしに目を冷やしながら。おかげで、翌日は普通にエドゥアールの前に立つことができた。

いつかこうなることを覚悟していたのに、いざとなって現実になると、ちっとも冷静になれなかった。

大好きなエドゥアールの幸せを心から喜べない。そういう自分も嫌になった。

それでも、結婚に向けて話はどんどん進んでいく。

エドゥアールは早く結婚してジョルジーヌを妻に迎えたいと言ったし、ラギエ侯も万一、息子の気が変わっては大変だと、準備を急《せ》かした。

若様のご結婚だと、ラギエ家はお祭り騒ぎで、みんなてんやわんやだった。

結婚話があまりに早く進むので、エドゥアールがジョルジーヌを孕《はら》ませたからではないか、という噂《うわさ》が立ったほどだ。

エドゥアールはそうした心無い噂を、社交の場に赴いては小まめに火消しして回った。時には、「婚約者を侮辱するなら決闘する」と、相手に強く出ることも厭わなかった。

ノエルは結婚準備に追われながら、そうした主人の武勇を惨めな気持ちで眺めていた。

エドゥアールに愛されるジョルジーヌが羨ましかったし、彼女にエドゥアールを取られてしまう気がして悲しかった。

ラギエ家が結婚の喜びと興奮に満ちる中、継母のバルバラだけはずっと文句を言っていた。まだ早すぎるとか、あんな大人しい娘にラギエ家の妻は務まらないとか、エドゥアールは飽き性だから結婚もうまくいかないとか、とにかく難癖をつけたがった。

彼女は、エドゥアールが結婚することが気に入らないらしい。夫のラギエ侯が怒っても、まだ文句を言っている。

末の弟が一歳になった頃だったが、それでますます、夫婦仲は悪くなった。

ノエルはそんなバルバラに眉をひそめる一方で、自分にあまりにも正直な彼女の態度を羨ましく思い、そしてまたそういう自分の性格の悪さに落ち込んだ。

あの時はとにかく婚礼の準備で忙しかったのと、エドゥアールを祝福したい気持ちと花嫁を羨む気持ちとで、頭が混乱していた。

エドゥアールが夜会の後に「結婚する」と宣言してからひと月、どうにか準備を終え、婚礼式が行われた。

名家同士の婚礼式にしては、ややこぢんまりした式だった。

ジョルジーヌの実家は、もっと時間をかけて盛大なものにしたがったし、ラギエ侯も本音はそうしたかったのだろうが、エドゥアールがとにかく式を急ぎたがった。

それで両家の間で一時、意見が分かれたようだが、途中からジョルジーヌの母親が味方についで、エドゥアールの意見が通ったようである。

名門貴族にとっては質素だろうが、ノエルをはじめ、庶民にはじゅうぶん豪華に見えた。

そして、花婿《はなむこ》のなんと美しかったことか。

列席者は皆、太陽の化身のようなエドゥアールの美しさにため息をつき、式場の外に集まっていた野次馬たちも、エドゥアールが姿を見せるとどよめいた。

ジョルジーヌも美しい花嫁だったのだが、いかんせんドレスが地味だったのと、始終控えめでうつむきがちだったこと、あとは花婿が底抜けに美しかったので、やや目立たなかった。

婚礼式を終えるとすぐその日のうちに、新郎新婦は派手な馬車に乗り、半年に及ぶ新婚旅行が始まった。目的地は新婚旅行で人気の、海辺の別荘地である。

ノエルも二人に同行した。ジョルジーヌは見た目のとおり物静かな人で、エドゥアールが張り切って提案するのを、何でもはい、はい、とうなずいていた。

陰で使用人に意地悪するなんてこともなくて、従者のノエルにも優しくしてくれた。

良くも悪くも周りを振り回すエドゥアールを横目に、ジョルジーヌが「あなたも苦労しますね」なんて言って、二人でこっそり笑い合うこともあった。

別荘地に向かう間も、エドゥアールは新妻《にいづま》を気遣い、端《はた》から見ていると照れ臭くなるくらい、愛情たっぷりに接した。

だからノエルも気づかなかったのだ。

仲睦《なかむつ》まじい夫婦のやり取りは、そのすべてがお芝居で、この結婚が仮初《かりそ》めのものだったことに。

「そう考えると、エド様ってわりと秘密主義ですよね。敵を騙すにはまず味方から、なんて。いくら俺が芝居ベタだからって、あの時、一言くらい言っておいてくれても良かったと思うんですよ。だいたいエド様は昔からそういうところがあって……」

ノエルは寝台の端で壁を向いて寝ころびながら、ぶつぶつ文句を言った。

その隣に仰臥《ぎょうが》するエドゥアールから、「やっぱり酒を飲むか」という声がする。

「お酒はだめです。明日の運転に差し障りますから」

ノエルは背を向けたまま、きっぱり答えた。

「だが、眠れないんだろう。というか、隣でブツブツ喋《しゃべ》り続けられると、私も眠れないんだが」

「すみません。でも緊張するんです。ご主人様と同じ寝台なんて」

「元主人だ」

背後で起き上がる気配がした。足元にあるテーブルで、ガラスの触れ合う音がする。ノエルが半身を起こしてそちらを見ると、エドゥアールと目が合って「おいで」と言われた。

ノエルは言うとおりに寝台から下りた。目がギンギンに冴《さ》えて眠れない。緊張のせいだ。エドゥアールと二人きりの旅の初日、無事に目的の宿に辿り着いた。ここまで計画通りに進んだことに、ノエルはひとまずホッとする。

宿屋は前日のそれに比べやや大衆的だったが、清潔で小ざっぱりしており、宿の主人や係の者も皆、感じが良かった。

部屋はいくつか空いていた。希望すればエドゥアールと別の部屋にもできただろう。宿賃もそれほど高くない。

ノエルは帳場で迷いかけたが、エドゥアールが先に「部屋は一つに決まっている」と宣言した。

「恋人同士なのに、別々なんて悲しいだろう。それに宿賃の節約にもなる」

エドゥアールの言うとおりなので、部屋は一つになった。

しかし、部屋に寝台は一つしかない。床に寝ると言ったが、エドゥアールは許してくれなかった。それでこうして、二人同じ寝台で横になったのである。

半ば予想していたこととはいえ、緊張して眠れない。壁に張り付くようにして、エドゥアールからなるべく離れるようにしたが、やっぱりドキドキする。

ギクシャクしているのを気取られたくなくて、ついひっきりなしに喋ってしまった。エドゥアールの眠りを妨げてしまった。

「明日はここから、サン・ジョルジュの村まで行くんだったか？」

エドゥアールはテーブルに二人分の葡萄酒を用意すると、二つある椅子の一方に座って地図を広げた。

ノエルも起き上がり、葡萄酒をもらうことにした。このまま横になっていても、悶々《もんもん》とするだけだ。

「朝の八時に出発するんだったかな。ちょっと早すぎないか」

エドゥアールが地図に描かれた道を指でなぞる。ノエルも葡萄酒を飲みながら、地図を覗き込んだ。

「でも、何かあったら困りますし。明るいうちに目的地に着かないと危ないかと思って」

「それはそのとおりだな。逆算してみよう。今の季節、この地方の日の入り時刻は午後七時半くらいだ。サン・ジョルジュまでは、馬車で約七時間。途中の休憩を二時間として、出発は十時にするのはどうだ？　不測の事態が起こるかもしれないが、八時に出たとしても解決できる保証はない。それよりゆっくり身体を休めたほうが、事故を防げる」

エドゥアールの言葉は決して押しつけがましくなく、声音は耳に心地よいくらいだった。

所要時間の七時間は、ちょっと多めの見積もりで、五、六時間で着く距離だ。

ノエルはそれでも不安で、どうしても多めに時間を取らずにはいられないのだが、こうして指摘されてみると確かに、八時の出発は早すぎるかもしれない。

「まあ、理屈はともかく、私が早起きしたくないだけなんだが」

自分の計画性の甘さを反省していたら、エドゥアールが冗談めかして言った。その間が絶妙で、ノエルは思わず笑ってしまった。

少し寝坊できると思ったら、肩の力も抜けた。

「エド様はやっぱりご聡明《そうめい》ですね。昔から何でもできましたもん」

つぶやいて、葡萄酒を飲み干す。エドゥアールは笑いながらノエルのグラスに酒を注《つ》ぎ足した。

「どうしたんだ、急に。お前の計画に、ちょっと口出ししただけだろう。お前こそ、たった一日で旅の計画を立てたんだ。もっと威張っていいぞ。それに私は、秘密主義者なんじゃなかったか」

さっき、眠れずにブツブツ言っていたのを蒸し返された。

「そうです。エド様は秘密主義者ですよ。ジョルジーヌ様のことは、今でも根に持ってますからね」

あの当時の、悲しみと喜びが交互にやってきて、感情が上がったり下がったりする不安定さは忘れられない。

「新婚旅行の道中で気づくかと思ったが、気づかなかったな」

エドゥアールは笑いを含んだ声で言って、懐かしそうに遠くを見つめた。

「気づくわけないじゃないですか。エド様もそれにジョルジーヌ様も、お芝居がお上手でしたしね」

ノエルはわざと、皮肉っぽい口調で返す。

婚礼式の後、煌びやかな馬車に乗って新婚旅行に出発したエドゥアールとジョルジーヌだったが、同じ馬車に乗っていたのは、最初の一日だけだった。

宿は初日から部屋が別々で、ノエルをはじめ同行していた者たちは泡を食った。

初夜に、新郎新婦が床を共にしなくていいのか。ノエルが尋ねるとエドゥアールは、

「私とジョルジーヌの間に、そんなものは必要ない。それよりも花嫁と侍女をゆっくり休ませてやりたいんだ」

きっぱりとそんなことを言うので、よほどジョルジーヌを大切にしているのだとノエルは感心し、またそうした主人の妻への愛情に胸をちくちくさせていた。

ノエルが他のお供の者たちにそれとなく、エドゥアールのジョルジーヌへの思いやりを伝えると、お供の一人が、「若奥様はやはり、若様のお子様を身ごもられているのではないか?」と、言い出して、旅の一行は騒然となった。

巷で流れていた噂のとおり、手の早いエドゥアールが結婚前にジョルジーヌに手を出して、それで責任を取って結婚することになったのではないか。

使用人たちの間でそういう話になり、ノエルも「ひょっとすると……」と、考えるように

なった。

エドゥアールに確認したところ、彼は否定も肯定もしなかった。

「さあ、どうかな。私が答えずとも、時が経てば自《おの》ずと答えは出るだろう」

煙《けむ》に巻いた言い方だが、ノエルも他の使用人も納得した。

妊娠しているかどうかというのは、初期の頃はわかりにくいものだ。身ごもっていると思っていたら勘違いだった、という話もよく聞く。

妊娠初期は母親も腹の子も不安定なのだと、同行している女性の一人が言っていた。ちょっとしたことでお腹の子が流れてしまうことが、これまたよくあるのだそうだ。

それを聞いて、ノエルを含む若い使用人たちは慌てたし、とにかくジョルジーヌの身体を気遣って無理をさせないようにしよう、という話になった。

結局、ジョルジーヌは妊娠していなかったのだが、使用人たちのこの思い込みは、エドゥアールとジョルジーヌにとって、非常に都合の良いものだったに違いない。

新婚旅行中の若い夫婦は道中、一度も同じ部屋に寝起きすることはなく、馬車も別々なままだったが、供の者たちはみんなそれを知っていて、とやかく言うどころか、積極的に二人を引き離すことさえあったのだ。

「まさか、新婚旅行に行った別荘地に、新婦の本当の夫が待ってるなんて、わかるはずありませんよね」

自分にだけは、教えておいてくれてもよかったのに。

そういう気持ちが今でもあるから、ノエルの口調はつい、不貞腐れたものになる。

葡萄酒をぐいぐい飲んでいると、エドゥアールがまた笑いながら酒を注いでくれた。

「この葡萄酒、美味しいですね。昨日の市場で買ったやつでしたっけ」

「いや、ここの食堂の女将《おかみ》がくれたんだ。実家が酒屋だそうで、お勧めの銘柄だから、味わって周りにも勧めてくれと言っていたな」

タダでもらったらしい。夕食に食堂を利用した際、エドゥアールが女将と何やら話していたのは見ていたが、酒をもらっていたとは気づかなかった。

それにしても美味しい。飲み口が爽やかなので、どんどん飲んでしまう。

「結婚のことは、悪かったと思っているよ。だがあの当時、お前はまだ十七で、今よりももっと素直だったじゃないか。隠し事には向いていないと思ったんだよ」

「確かに若かったですけど」

それにしたって、とまた愚痴をこぼしてしまう。

ジョルジーヌには恋人がいた。実家ルセ家の御用商人、ヤコブス商会の二代目である。

ヤコブス商会は、隣国の大都市ワローネに本店を持つ大商会で、二代目は王都の支店長をしていた。そうしてルセ家に出入りしているうちに、令嬢のジョルジーヌと男女の仲になってしまったらしい。

よくある話だ。けれど当人たちは必死だった。

しかも結婚直前、ジョルジーヌは妊娠の可能性を感じて追い詰められていた。事が公《おおやけ》になりでもしたら、とんでもない醜聞になる。ルセ家の面目は丸潰れだし、ジョルジーヌはまともな人生を歩めないだろう。場合によっては修道院に入れられ、お腹の子とも離れ離れになるかもしれない。

娘を傷物にされ、ルセ家は黙っていないはずだ。商会もただでは済まないし、ヤコブス当人は貴族の令嬢を凌辱《りょうじょく》した罪で、投獄される可能性がある。

ジョルジーヌと恋人のヤコブスは心中まで考えていた。いっそあの世で子供と三人、一緒に暮らそうなどと言っていたそうだ。

これを偶然耳にしたのが、誰あろうエドゥアールだった。

夜会での出来事である。自身に群がる男女を撒《ま》いて、人気《ひとけ》のない奥庭をぶらついていたところ、悲愴《ひそう》な様子で密会するジョルジーヌとヤコブスに出くわしたのだとか。

「話はすべて聞かせてもらった。身分差などと些末《さまつ》なことで死ぬことはない」

という、俳優さながらのエドゥアールの登場場面のセリフを、ノエルは後になってジョルジーヌから伝え聞いた。

許されぬ恋に悩む恋人たちの話を聞き、エドゥアールはその場で援助を申し出たそうだ。

エドゥアールは戯曲家でもある。身分差のある二人を幸せにするための筋書きを、頭の中で即座に書き上げたのだった。

まず、ジョルジーヌが本当に懐妊していた場合に備え、エドゥアールと形ばかりの結婚をする。

家柄は申し分ないし、結婚前の令嬢に手を出したとしても、エドゥアールの性格ならばあり得ると、みんな納得してくれる。名門貴族という家柄なので、結婚して責任を取ると言えば追及もされない。

とりあえず、妊娠の可能性は伏せて結婚の話を進めた。ラギエ侯はエドゥアールが予想していたとおり、息子の気が変わらないうちにと、婚礼式を早めるのに一役買ってくれた。

その間にヤコブスは、両親に包み隠さず真実を打ち明けていた。

本来なら勘当されてもおかしくないところだが、何分《なにぶん》にもたった一人の跡取り息子だし、エドゥアールが協力を申し出てくれている。

ヤコブスの父親が息子を一発殴って腹に納め、ヤコブス商会が味方についた。さらにジョルジーヌの母親にも真実を打ち明けて、味方に加わってもらった。

ヤコブスはジョルジーヌの婚礼を後目に、王都の支店長を退任した。実家のある本店に戻って、父の下《もと》で本格的に跡取り修業をするのだと言えば、誰も不思議には思わない。実際、あと何年かしたらそうなる予定だった。

ヤコブスは支店長を辞した後、すぐにはワローネに帰らず、密かに南の別荘地に向かい、長めの休暇を取っていた。

その後、新婚旅行でやってきたエドゥアールとジョルジーヌが到着した。

「何も教えなかったからこそ、お前がいい動きをしてくれたんだ」

「エド様の書いた筋書きに、まんまと踊らされたってことです」

ノエルは言い、空になったグラスに自分で葡萄酒を注ぐ。食堂の女将からもらった葡萄酒は三本あって、一本はすぐに空になった。

過去に記憶を馳《は》せた話をしながら、エドゥアールが一杯飲む間にノエルが二杯飲み、そんなことを続けているうちに二本目も空になってしまった。

三本目ももう、半分ほどに減っている。緊張もすっかりほぐれ、ふわふわしていい気分である。

エドゥアールが途中でやんわり、「飲みすぎじゃないか」と口を挟んだが、ノエルは「平気です」と、うそぶいて、ぐいぐい酒を飲んだ。

「あの時は本当に、やきもきさせられたんですからね」

新婚旅行の目的地、南の別荘に着いた途端、エドゥアールは新妻を置いて街に繰り出してしまった。

ノエルを連れてあちこち遊び回り、かと思うとノエルまでも置いて、娼館に泊まりに行ったりした。

新婚の間くらい大人しくしてください、とノエルは叱ったが、エドゥアールはいつものごとく飄々《ひょうひょう》としていて、空気を叩いているようだった。

エドゥアールの行動がジョルジーヌの耳に入らないよう、使用人たちに相談して口裏を合わせてもらったり、エドゥアールが出かける時は目立たない馬車を使い、新郎が遊び歩いているという噂が立たないよう、苦心した。

もっとも、エドゥアール自身が出かけた先で目立つ行動ばかりしていたので、ノエルの奔走はかえって周囲の人々の関心を引き、噂を広げることになったのだが。

「お前は優秀だし、心根が優しいからな。夫の私が新妻をほったらかして遊んでいたら、尻《しり》拭《ぬぐ》いに奔走してくれるのはわかっていた」

ぶつぶつ言うノエルに、エドゥアールも苦笑しつつ、ノエルの性格を利用していたことを認めた。

別荘地の街で、エドゥアールはとにかく派手に遊んだ。どこぞの国の貴族がパーティーを開いたと聞けば参加し、そこで知り合った未亡人の家に何日も入り浸り、貴族に人気の賭博場があると聞けば賭博に打ち込んだ。

その賭場では、負けが込んだ後に賭場を荒らすくらい大勝ちをして、追い出された。賭場で儲《もう》けた金はその翌晩、場末の酒場でみんなに奢《おご》ってパーッと使ってしまった。

——ラギエ家の若様の放蕩は、結婚しても直らなかった。

そんな噂が街中に流れ、ジョルジーヌは夫の態度に我慢できなくなったと言い、ラギエ家の別荘を飛び出して、連れてきた侍女と共に街の高級宿に移ってしまった。

それでもエドゥアールは態度を改めず、侍女からの報告を受けたジョルジーヌの父親、ルセ卿《きょう》が怒って別荘地まで乗り込んできた。

「嫁にやったとはいえ、大事な娘だ。婿殿の振る舞いは娘の親として目に余るものがある」

ルセ卿が青筋を立てながら、それでも努めて冷静に抗議をした。

しかし、舅《しゅうと》と対面したエドゥアールは、端で控えているノエルも呆れるほどふざけたニヤけ顔で、

「お舅殿には申し訳ありませんが、御息女が運命の相手だと思ったのは、どうも私の早合点だったようです。この土地で新たな運命に出会いましてね。目が覚めました」

などとのたまうのである。ルセ卿はぶるぶる怒りに震えていて、怒りすぎて血管が切れてしまうのではないかと、ノエルはハラハラしながらエドゥアールのそばに控えていた。

「目が覚めた、だと?」

「ええ。ジョルジーヌへの愛という夢想から覚めたのです。今は別の夢を見ている最中でしてね。前の夢は石みたいに硬く味気なかったが、今度の夢は柔らかく豊満なのですよ。あっちの具合もいい。まあ、器量《おとし》はジョルジーヌのほうが上かな」

エドゥアールが女性を貶めるような発言をしたことに、ノエルは驚いた。いったいどうし

たわけだと主人を見たが、ルセ卿が椅子を蹴《け》り倒して立ち上がったので、すぐそちらに気を取られてしまった。

「貴様ッ、人の娘を石だと？　言うに事欠いて……」

「落ち着いてください。これは夢の話ですよ。あなたは夢を自在に操れますか？　奥様の夢を見ようと思って眠っても、希望通りに見られるとは限らないでしょう。夢とはそういうものです。私もできるなら、ジョルジーヌの夢だけを見ていたかった。でも仕方がない。理性ではどうにもならない、己の欲望が夢には現れるそうで……」

「何が夢だっ。ふざけるな！」

ルセ卿が叫び、手元のティーカップを投げつけた。エドゥアールがそれを、ひょいと難なくかわすものだから、ルセ卿の怒りはいよいよ収まらなくなった。

「貴様っ、許さん！」

テーブルを回ってエドゥアールの胸倉を摑もうとするので、ノエルが慌てて間に入った。

「お待ちください、ルセ様」

「ええい、止めるな」

「申し訳ありません。どうかお気をお静めください」

ルセ卿は細身で、背もノエルとさほど変わらなかった。喧嘩《けんか》になったらエドゥアールが負けることはないだろうが、相手は舅である。

ノエルは声を上げて人を呼び、他の使用人たちも部屋に入ってきてルセ卿を止めた。

ところが元凶は、事ここに至ってものんびり座って足など組んでいる。

「まあまあ、そういきり立たずに。せっかく煩《わずら》わしい王都を離れ、別荘地まで来たのです。娘のことはいったん忘れて、私と遊びに出かけましょう。ここの高級娼館はなかなかでね。教養豊かでよく気もきく。あれを抱いたら、貴族の女なんか面倒になりますよ」

「エ、エドゥアール様っ」

さらに挑発するような言葉に、ルセ卿を押さえていたノエルは焦った。ルセ卿はノエルの腕を振り払い、前に出る。

「貴様、成敗してやる」

「成敗と言われても、ねえ？」

どうやって？　というように、エドゥアールは憎たらしい薄笑いを浮かべて肩をすくめた。

ルセ卿が思わず、というように叫んだ。

「決闘だ！」

ちなみにこの国の法律では、貴族同士の決闘は禁じられていない。

というか今時、決闘なんてする人がいないので、大昔の法律が改正されることなく放置されているのだった。

決闘だと叫んだルセ卿、その場は一度帰ったが、後になっても怒りが収まらなかったようで、三日ほどして正式な決闘を申し込む果たし状が送られてきた。

決闘には代理人を立てることができる。その代理人に、ヤコブスの名前があった。

果たし状に添えられていたルセ卿の手紙によれば、ヤコブスはルセ卿と同じ宿に滞在していて、ジョルジーヌの不遇とエドゥアールの不実を聞き、憤怒して代理人を買って出たとのことである。

「実を申せばこの私、以前から密かに、ルセ家のご令嬢をお慕いしておりました。しかし、名家のご令嬢に対してこちらはしがない商人の身。想いを声に出すことも罪と、切ない恋心を胸にしまい、ご成婚の際にはただただ、あの方の幸せを願っていたのです。まさかあの美しくお優しいジョルジーヌ様が、ご夫君からかようなむごい仕打ちを受けていたとは。ああ、無念。口惜しさにこの身が引き裂かれる思いであります」

……と、本当にヤコブスが言ったかどうかは知らないが、後日、エドゥアールが教えてくれた筋書きではそうなっていた。

新婚旅行先でわざと放蕩に耽《ふけ》り、怒って乗り込んできた舅を挑発し、決闘に持ち込む。舅側には、偶然を装ってヤコブスを近づけ、代理人に立てさせる。

筋書きだけ読んだら、そんなのうまくいくわけないだろ、と思ってしまうが、それがうまくいった。

エドゥアールの放蕩三昧《ざんまい》はすでに、街中で有名になっていたから、舅が乗り込んで決闘を申し込んだという話は、瞬《また》く間に人々の間に広がった。

さらにそこへ、以前から密かにジョルジーヌを慕っていたという、身分違いの若者が現れて決闘の代理人になったものだから、街はお祭り騒ぎだった。

地元の新聞にも載ったし、すぐさま王都にも話がいって、ラギエ侯が慌てて乗り込んできた。ラギエ侯が現地に着く頃には、すでに決闘の日取りも場所も決まり、後に引き返せなくなっていたのだが。

当日、エドゥアールが競馬場を借りきって入場は自由にしたおかげで、本当にお祭りみたいだった。街中の人が見物に押しかけ、屋台まで出た。

不幸な新婦の名誉を懸けて決闘する。エドゥアールが負けた場合は、ジョルジーヌに謝罪し、離婚する。

エドゥアールが勝ったら、結婚は続行、さらにルセ卿から巨額の賠償金をもらう。

当然、見物人はみんなヤコブスを応援した。あの時はエドゥアールはみんなから嫌われまくっていて、そばにいるノエルもつらかった。

模擬刀で挑んだ試合に、ヤコブスを応援する声が響いたが、勝ったのはエドゥアールだった。

「あれはなあ。本当はヤコブスに花を持たせたかったんだが。いかんせん、力の差がありすぎて、八百長にすると嘘臭さが誤魔化《ごまか》せなくなりそうだったんだ」

向かいでグラスを傾けるエドゥアールが、楽しい思い出を語るようにつぶやく。

しかし、そのエドゥアールの姿は、先ほどからぐるぐる回ったり、二人に分裂したりしていた。酔ったのかな、と、ノエルはようやく自覚する。

「ああ～、それは仕方ありません」

アハハと意味もなく笑いがこみ上げた。エドゥアールが黙って空いたグラスに注ぎ足してくれる。

エドゥアールにしては気が利くな、と思ったら、水だった。喉の渇きを感じ、ノエルはごくごくそれを飲んだ。

そうしてまた、過去に記憶を馳せる。

「可哀《かわい》そうにヤコブスさん。エド様にボコボコにされてましたね」

「あれでも加減したんだ。あらかじめ打ち合わせもしておいたし。とにかく力の差が歴然としていたからな」

エドゥアールが言うように、ヤコブスの剣の腕は素人《しろうと》以下だった。対するエドゥアールは、指南役もできるほどの腕前である。

試合が始まってすぐ、ヤコブスはエドゥアールの模擬刀で、ボコボコのギタギタに打ちのめされた。

傷だらけになっても、ヤコブスはエドゥアールに挑みかかった。何度も何度も、諦めることなく。

ボロボロになったヤコブスに、観客はもうやめろと声をかけた。ルセ卿も見ていられなくなって、自分が試合に出ると言ったが、エドゥアールが許さなかった。

額から血を流し、顔が腫れあがっても挑んでくるヤコブスに、とうとうエドゥアールが音《ね》を上げた。

「わかったよ。降参だ。こんなのやってられるか」

観客に聞こえるくらい大声で言い放ち、剣を放り投げた。観客が沸いた。

ルセ卿の隣にいたジョルジーヌが飛び出して、ヤコブスに駆け寄った。涙を流して抱き合う二人を皆が……ルセ卿までもが祝福した。

誰が見ても、結ばれるべき二人だと思うだろう。

その日のうちにエドゥアールは、ルセ卿に離縁状を渡し、結婚したばかりの新郎新婦は半年と経たず離婚した。ラギエ侯もあの試合を見た後では、何も言えなかった。

ノエルはエドゥアールと共に、離婚が成立してすぐ王都に逃げ戻ったので、ジョルジーヌとヤコブスのその後の経緯《いきさつ》を詳しくは知らない。

ただ、ヤコブスが別荘地で怪我の療養をした後、国に戻る際、ジョルジーヌを伴い、その後しばらくして正式に結婚したそうである。

決闘の話は王都でも有名になっていたし、ジョルジーヌは遊び人の夫から解放され、身分違いだが真実の愛を見つけたと、話題になった。貴族の令嬢はジョルジーヌとヤコブスの恋に憧れたようである。

エドゥアールも時の人となり、すっかり憎まれ役になってしまった。本人は気にしていないようだが、一時は社交界での風当たりも強かったようだ。

ラギエ侯もさすがに怒り、エドゥアールにしばらく謹慎を言い渡した。

「エド様も物好きですよ。自分には何の得にもならないのに」

「あの時はとにかく、退屈だったのさ。さあ、グラスをこちらに渡しなさい」

「えっ、嫌です。まだ飲んでるのに」

何を言い出すんだろうと思っていたら、間近にエドゥアールがいた。しかも、やけにぼやけている。

ぼんやりした視界の中、エドゥアールはくすっと笑ったようだった。

「退屈を紛らわせるためだったが、あの一件で得たものもある。だから何の得もなかったわけじゃないいんだ。むしろ僥倖《ぎょうこう》だったな。情けは人のためならず、だ」

「どんな得をしたんです？」

ジョルジーヌとヤコブスの仲を取り持って、金品を受け取ったわけでもなく、ただ自分の評判を悪くしただけだというのに。

首を傾げたが、それはそれとして、いつの間にか手元のグラスがエドゥアールに奪われていた。

「まだ飲むのに」

「これだけ酒を飲んだら、もう眠いんじゃないか」

目の前にいるエドゥアールの声が、やけに遠く聞こえる。

「それより、得したことって何ですか。誤魔化さないでください」

「誤魔化してないよ。お前は酒を飲むだけ飲むと、すぐ寝てしまうだろう」

そういえばそうだった。まぶたがやけに重いけど、これは眠いということかもしれない。

「あの一件で私が得したことは……一番大切なものに気づけたことだ」

大切なこと？　声に出して聞こうと思ったのに、身体がとろりと溶けてしまう感覚があった。気持ちのいい眠気がノエルを包む。

「当時、ジョルジーヌに言われたんだ。あなたは本当はあまり、他人に興味がないのではないかとね。痛いところを突かれたと思ったよ。まるきり興味がないわけではないが、感情に振り回されて右往左往する人の気持ちはわからなかったから」

そういえば、エドゥアールが感情的になっているところを見たことがない。もちろん、人間だから腹を立てたり苛立《いらだ》ったりするけれど、カッとなって我を忘れるとか、誰かに恋をして何も手がつかなくなるとか、そういった場面には彼に仕えてこの方、遭遇したことがなかった。

やはりなんだかんだ言いつつも、ジョルジーヌとは夫婦だったのだなと思う。

普通の夫婦とは違う、枕を共にすることはなかったけれど、短い結婚生活の中で、二人きりで親しげに話をしている場面に何度か遭遇した。

その時のエドゥアールは、いつものように気取っておらず、弟たちと話す時のように肩の力が抜けていて、楽しそうだった。

他のご婦人たちに対する態度とは違っていたから、やはりジョルジーヌは特別なのだと思った。エドゥアールは彼女に恋をしてはいなかったが、心は通わせていたかもしれない。

結婚が偽りだったと聞かされた時、ノエルは本気で怒った。

あんなに心配したのがぜんぶ嘘だったのだ。怒りのあまり、従者にあるまじき言葉をエドゥアールにぶつけたりもした。

他の主人だったら、反抗的な従者をクビにしたかもしれない。

でも、エドゥアールはすまなかったと真摯《しんし》に謝って、芝居に至る経緯や裏話を詳しく打ち明けてくれた。

ただの従者のノエルに、そんなふうに気を遣う義理はないのだけど、エドゥアールはいつも主人と従者ではなく、親しい人間同士として、ノエルに向き合ってくれる。

それがノエルには嬉しかった。

嘘をつかれたことはまだ、すっかり許したわけではないけれど、ノエルが恨み事を言うたびに謝ってくれるエドゥアールが好きだ。

離婚をして、エドゥアールはさんざんな目に遭った。

ラギエ侯からは謹慎を言い渡されたし、調子に乗ったバルバラが「だから私は反対したのよ」などと周りに吹聴し、その陰でエドゥアールに迫ったりもした。

貴族ばかりか庶民の間でも、エドゥアールは完全な悪役で、街に出れば人々から邪険にされ、子供に石を投げられたことさえあった。

バルバラの誘惑から逃れるために領地に引っ越したが、あのまま王都に留《とど》まっていたら、エドゥアールの悪評が忘れられることはなかっただろう。

結果的には、これが良かった。領地での暮らしはのびのびとしていたし、領民たちは王都ほど「若様」を敵対視せず、そのうち悪い噂も忘れられた。

「我を忘れるほど誰かを欲する、ということがなかった。ジョルジーヌにそう話したら、あなたは奪われたことがないからだと言われた。だから、たとえ大切なものがあっても、自覚できないのだと」

身体を包み込む温もりと共に、間近で声がする。身体がゆらゆら揺れた後、温もりが去って、柔らかなものの上に横たえられた。

それからすぐにまた、温かいものがノエルを包む。

懐かしい感覚だった。子供の頃、母親を亡くしたノエルを、エドゥアールは抱きしめて一緒に眠ってくれた。

ホッとして、幸せで、もう寂しくも孤独でもなくなった。

あの時の感覚が蘇《よみがえ》って、ノエルは鼻先をエドゥアールの胸にすり寄せる。微《かす》かに笑う声と、背中を撫でる優しい手つきも過去と同じだった。

「彼女の言うとおりだ。私は何も奪われたことがなかった。奪われそうになったら、闘って奪い返した。私にはそれだけの力があったからね。自分の力ではない、親や先祖から受け継いだ金と権力だが。そして、彼女とは違って自由もあった」

低い声が心地よい。言葉の内容はほとんど理解できなくなっていたが、ずっとこの声を聞いていたいと思った。

「彼女に言われて考えた。自分にとって大切なものは何だろうかと。誰かにそれを奪われ、自分がどれほど手を尽くしてももう戻らないとわかった時、自分で自分を制御できないくらい取り乱す……そんな存在が自分にもあるのだろうか。想像してみたんだ」

そういえば昔も、ノエルを寝かしつけるためにエドゥアールがお話をしてくれて、もっとお話をしてとねだったっけ。

もう寝る時間だよと言いながら、エドゥアールはあれこれと話をしてくれた。従者にそこまでしてくれる主人が、彼より他にいるだろうか。

「父や弟たちを愛している。彼らがいなくなったら悲しい。だが、別の誰かが彼らを幸せにしているのを見ても、別に悔しくはならない。彼らが幸せに暮らしてくれればそれでいい。恋とは、そういうことではないんだ。家族愛とは違う。自分だけのものにしたいし、その人が他の誰かと恋をして幸せになるかと思ったら、とても祝福できない。独占欲というやつだな。それから性欲。個人的に、これは恋とは切り離せないものだと思うんだが、ノエル。お前はどう思う?」

からかうような声で囁かれた。耳元がくすぐったくて首をすくめると、クスクス笑って強く抱きしめられる。

「恋や幸せは案外、間近にあるものだ。そのことに気づけた。だからあの結婚は、ジョルジーヌたちとの出会いは無駄ではなかったんだよ」

大丈夫だよ、というような語調を聞いて、ノエルの心も軽くなる。

楽しく幸せな気分のまま、ノエルは眠りに落ちた。


翌日も旅は順調だった。

エドゥアールに起こされて目を覚ましたら、出発の時刻が迫っていて慌てたが、朝食の用意も馬を車に繋《つな》ぐ作業も、エドゥアールが宿の者に頼んで済ませていた。

昨夜は飲みすぎたと思ったが、起きた時にはすっきりしていて、酒が残っているということもなかった。

「お前は前からそうだ。ガブガブ酒を飲んで寝落ちして、翌日にはケロッとしている」

昨日は寝台まで運んでやったぞ、と、得意げにエドゥアールに言われて、ノエルは身の置き所がなかった。

途中から記憶があやふやで、どうやって寝たのかも覚えていない。でも何となく、寝る時にいい気分だったことだけは覚えている。

朝食を食べ、宿の食堂で弁当を包んでもらい、昨夜組み直した予定の通り、午前十時に出発した。

前の日にエドゥアールが手綱を握ったので、今度はノエルが馬を操った。でも相変わらず、二人並んで御者台に座った。

「エド様は昨日、ちゃんとお休みになれましたか。先は長いですから、無理せず中で休んでくださいね」

隣に人がいたほうが、居眠りを防止できるとわかったけれど、エドゥアールに無理をさせたくない。ノエルが言うと、エドゥアールは「よく休めたよ」と微笑んだ。

「いい夢を見た。昔の夢だ。お前が幼い時の」

「すごい偶然ですね。俺も昔の夢を見ました」

この日も天候に恵まれ、馬車は難なく進んだ。予定よりちょっと早い時刻に、次の宿に到着した。

しかしここで、予想外の問題が発覚した。

「え、橋の崩落？　なんでまた」

宿に着き、馬を宿の厩舎《きゅうしゃ》に預けた後、帳場で明日の旅程の話をしたら、その道は通行止めになっていると言われた。

途中、大きな川があって、そこに架《か》かっている橋がつい昨日、崩落したのだという。

「古い橋で、長いこと修繕していなかったからですよ。田舎の橋だってことで、放っておかれて。でもお客様は運がいい。ここに着くのが一日違ってたら、あの橋を渡ってる途中で崩落したかもしれません」

実際、崩落事故は人通りのある日中に起こったそうだ。何人かが川に流された。途中で助けられたり、自力で岸まで泳いだりして、みな命に別状はなかったそうだが、自分たちが巻き込まれていたかもしれないと思うとゾッとする。

「それは幸いでしたけど。でも、どうしましょう。橋が使えないんじゃ、うんと迂回《うかい》することになりますよね」

橋はいずれ再建されるかもしれないが、今日明日ではどうにもならない。

まだ領地を出ていくらも離れていないから、ぐずぐずしていたら王国の兵がここまで追ってくるかもしれない。

「北を回るしかないでしょうね。そちらの方が安全だ」

帳場係が教えてくれた。すでに他の宿泊客にも何度か聞かれているようで、帳場机には地図が広げられていた。

「うちの宿から、この道をこう、ね。ただ、一日じゃ着かんでしょうな」

「宿はありそうですか」

恐る恐るノエルが尋ねると、帳場係は「ありませんね」と、気の毒そうに言った。

「途中は小さな集落ばかりだから、民家を訪ねて泊めてもらうか、さもなきゃ野宿になるでしょうな」

それを聞いてノエルが憂鬱な気分になった時、隣で「野宿！」と、喜びの声が聞こえた。

「旅に予想外の出来事は付き物だ。野宿か。うん、素晴らしい」

はしゃぐエドゥアールに、ノエルはそっとため息をつく。帳場係は二人の顔を見回して、苦笑いを浮かべた。

「まあ、今の季節は滅多に雨も降らんでしょうし、馬車で一日や二日くらいなら、貴族の方でもどうにかなるでしょう。うちに帆布と荷縄がありますから、格安でお譲りしましょうか」

最後は親切そうに言うわりに、ちゃっかり帆布の値段を提示してきたが、市場で買った帆布の方がうんと安かった。丁寧に断って、針と糸だけ借りた。

「帆布の繕いは私がやろう。先々のことを考えると、食料を買い足した方がいいかもな。あと葡萄酒も」

エドゥアールは野宿にほくほくしている。ノエルはまだ、どこかの民家に泊めてもらうことを諦めていなかった。それでも迂回するとなると、食料は買っておいた方がいいかもしれない。この先に都合よく食料品店がある保証はないのだ。

「じゃあ、買い出しは俺が行きます。葡萄酒は予備が何本もあるから、まだいいんじゃないでしょうか」

「昨日はいっぺんに三本なくなったぞ」

そう言われると、返す言葉がなかった。昨晩の葡萄酒は、大半をノエルが飲んだ。ノエルはしおしおと宿を出た。

葡萄酒の他、パンなどすぐ食べられるものを買う。途中で馬車駅の前を通ったので、飼い葉をわけてもらった。野宿をするなら、馬の世話も自分たちでやらねばならない。

（エド様、そこまで考えてるのかなあ）

エドゥアールは、野宿を楽しい遊びのように考えているようだが、ノエルは不安ばかりだった。野宿なんてしたことがない。

明日は屋外で寝るのかと思うと、今からどんよりした気分になった。

買い物は飼い葉も入れると結構な大荷物になり、それをふうふう言いながら宿に運んだ。人に頼むこともできるが、荷運び賃を節約したかったのである。

宿に戻ると、エドゥアールが鼻歌を歌いながら帆布を繕っていた。

「どうだ、ノエル。刺繍だけでなく繕い物の腕もなかなかだろう」

こちらの顔を見るなり、子供が自慢するみたいに、繕い終わった部分を広げて見せる。

得意げに言うだけあって、大きな穴もきっちり塞《ふさ》がれていた。しかも、縫い目があまり目立たない。

ノエルも素直に感心した。ノエルも、従者たるもの何でもできなくては、という家令の教育のもと、裁縫も刺繍も習ったけれど、腕の方は今一つである。

「本当だ。綺麗に繕えてますね。俺よりうんとお上手です」

「ちなみに、天幕の張り方も本で読んだから任せておけ」

エドゥアールは自分の力を誇張しないから、彼ができると言ったら任せられる。

（エド様は、本当に何でもできるなあ）

おまけに楽観的だ。反対にノエルは心配性で、すぐ不安になったり、うじうじ考え込んでしまう。

（俺も少し、エド様の楽観主義を見習わないとな）

どうにもならないことを悩んでも仕方がない。エドゥアールのように、泰然《たいぜん》と構えているほうが人生も楽しいだろう。

楽観的に、楽観的に……と、自分に言い聞かせ、不安を打ち消す。

その日は野宿に備え、荷物の点検をしたり馬の手入れ方法を確認したりと、やることが多かったので、さほど不安を引きずらずにすんだ。

部屋は寝台が二つあり、昨日ほど緊張せずに眠ることができた。

翌日、空は朝からどんより曇っていた。風は湿っていて、日が照らない分、昨日より気温が低い。

「北の迂回路はここより高地だ。少し冷えるかもな」

出発前、今日は交替で御者台に上がろう、とエドゥアールが提案し、そう付け加えた。

「どこかの村で、宿を借りられないでしょうか」

雨の中を野宿なんて、最悪だ。今から情けない気分になりながら、ノエルは提案する。

「いちおう当たってはみるが、望み薄だろうな。今は農繁期で、あの辺りの農家には、地方の親戚やら出稼ぎやらが住み込みの手伝いをしに来るそうだ。私たちの他にも迂回してくる旅人がいくらもいるし、普通の民家にそう空き部屋はないだろう」

がっかりするのと同時に、エドゥアールが北の地域にやけに詳しいのが気になった。そのことを尋ねると、

「ああ、それは本を読んだからだ。ほら、最初の街の書店で買った観光本だ。たまたま、今回の迂回路や北の地域についても書いてあったんだ」

旅荷の袋の中から先日買った本を出して、ノエルに見せてくれた。確かに、北の地域に関する記述がかなり詳しく書かれてある。

「面白そうだから買ったんだが、幸運だったな。やはりこの世に無駄なものはない」

エドゥアールは悦《えつ》に入った様子で言い、馬車の扉を開けた。

「運転はお前が先でいいか？　途中で交替する」

もちろん否やはなかったので、ノエルが先に御者台に座った。

「ああ、今日は御者台が冷えるから、これを羽織っておくといい」

後ろに乗りかけたエドゥアールが、思い出したようにまた旅荷の袋を開け、見慣れない外套を取り出し、ノエルに着せてくれた。

分厚い古着の外套だ。ノエルには少しぶかぶかだし、あちこち繕いがしてある。あまり上等ではなさそうだが、軽くて暖かかった。

「どうしたんです、これ。ちょっとおじいさんぽい匂いがする」

「加齢臭は我慢しなさい。昨日、散歩に出た時に買ったんだ。宿の隣の民家に住む老人が、不用品を家の前で売りに出していてね。良さそうだから買った」

「買った、って。お金を持ってなかったでしょう」

昨日、ノエルが荷物の点検などしている間、帆布を繕い終わったエドゥアールはやることがなくて、宿の周りをぶらぶらしていた。ノエルが節約節約とうるさいので、財布は持って出なかったようである。

「うん。だから代金に詩を書いてやったんだ。署名も入れた。一点物だから、王都で売ればそれなりの金になるだろう」

エドゥアール・ド・ラギエの詩の新作は、王都の社交界や文化人たちが待ち望んでいるものである。

署名入りの新作の詩の原稿なんて、しかるべきところに売ったら、いくらになるだろう。宿屋の隣の老人は、ちゃんとその価値がわかっているのだろうか。

だがしかし、エドゥアール自身が一銭も身銭を切っていないのも事実である。

「どうだ。ちゃんと節約したぞ」

いやそれは節約ではないのでは、と言いかけたが、得意げに胸を張っているのに水を差すこともできず、「すごいですね」と褒めそやした。

「いい買い物だと思います。古着だけどすごく暖かいです。ちょっとおじいさん臭いけど」

一銭の出費もなく、実用的な外套を手に入れたのだから、あながちお世辞でもない。

「そうだろう、そうだろう」

エドゥアールは嬉しそうに言い、馬車の中に入っていった。

ノエルは御者台に上がり、馬車を発進させる。村を出てしばらくは、予定通りの街道を進めばよく、迷うこともなかった。

途中、迂回を促す看板が立っていて、そこから北に逸れる。迂回路は緩やかな上り坂が続き、これから高地へ向かうことを示していた。

空は相変わらずの曇り空で、北へ行くほど暗くなっていく。

途中、後ろから二頭立てや三頭立ての馬車が、坂道をものともせずに上ってきて、ノエルたちの馬車を追い越していった。

当然のことながら、馬が多い方が馬力が上がって速度もでる。でも、馬には素人の二人旅では、馬が多すぎても世話をしきれない。

屋敷から連れてきた、力自慢の一頭に頑張ってもらうしかなかった。

途中、馬車を停めて休憩をした。宿屋で用意してもらった弁当を食べる。午後からはエドゥアールが御者台に座った。

外套をエドゥアールに渡し、ノエルは馬車の中で休んだのだが、やはり御者台よりうんと居心地がいい。

元主人を働かせて休むことに、若干の後ろめたさを覚えつつ、昼食で腹が満たされたこともあって、いつの間にか眠ってしまった。

それからどれくらいが経っただろう。バラバラと馬車の車窓を打ちつける雨音で、目を覚ました。

外を見ると、激しい横殴りの雨が降っていた。いつから降り始めたのだろう。

慌てて御者台に続く小窓を開ける。エドゥアールは頭にほっかむりをしていた。しかし、そのほっかむりも外套もびしょ濡《ぬ》れだった。

「エド様、交替します」

小窓から流れてくる外気が、刺すように冷たい。ノエルが叫ぶと、エドゥアールはちらりとこちらを振り返り、「いや、いい」と、短く答えた。

「お前は中にいなさい。二人して濡れることはない」

「でも」

エドゥアールは御者台で濡れ鼠《ねずみ》なのに、自分だけぬくぬく中で休むのは抵抗がある。

「恐らく、雨はじきにやむ。さっき見たが北の空は雲が切れかけていた」

いいから中にいなさい、と重ねて言われ、ノエルは落ち着かない気持ちのまま、浮かせていた腰を下ろした。

先に、エドゥアールに御者台に上ってもらえばよかった。

（本当に雨はやむのかな。この雨の中、野宿なんてことになったらどうしよう）

後悔や不安が押し寄せ、車窓から北の空を睨む。その間も馬車は進み、強い雨風が容赦なく馬車を打ちつけていった。


日が暮れる頃、エドゥアールの予言通り雨は止《や》んだ。

それと同時に道は緩やかな勾配《こうばい》から平地に変わり、あちこちに田畑が見え始めた。田畑の間にぽつりぽつりと民家がある。

途中、民家の前で馬車を停《と》め、宿を借りられないかと頼んでみたが、どこも断られてしまった。

「その先に教会があるから、そこで聞いてみたらどうですかね」

とある民家の主人が、ずぶ濡《ぬ》れのエドゥアールを気の毒そうに見て教えてくれた。

言われた通りに先に進むと、石造りの朽ちかけた建物があった。ノエルたちが住んでいた領都の教会とは大違いだ。屋根にある教会の印がなければ、廃屋だと思ってうっかり見過ごすところだった。

しかし、こちらでも断られた。

「申し訳ありません。生憎《あいにく》、先に来られた旅の方々で、馬小屋までいっぱいで」

応対に出た僧侶は、濡れそぼったエドゥアールの姿を見て、申し訳なさそうな顔をした。

「仕方がない。田舎《いなか》の小さな教会では、余裕もないだろう」

エドゥアールの言葉に、ノエルもうなずく。今夜は諦《あきら》めて、野宿をするしかなさそうだ。

それでも、いかにも貴族らしい身なりの旅人を外に寝かせるのが気詰まりだったのか、馬小屋にある清潔な寝藁《ねわら》をたくさんわけてくれた。

庭先を使っていいと言われたし、そこには井戸もあったので、予想していたより幾分かはましだった。

ノエルが庭先の木に馬を繋《つな》ぎ、水や飼い葉を与えて世話をする横で、エドゥアールが帆布《はんぷ》と荷縄を使って天幕を張る。

小一時間も経《た》たないうちに、馬車と木を柱にして、立派な天幕が出来上がった。


「どうだ、なかなかよくできてるだろう」

エドゥアールは胸を張った途端、大きくくしゃみをした。

「エド様、濡れた服を着替えてください。すぐに火を焚《た》きます」

ずっとずぶ濡れのまま作業をしていたのだ。このままでは風邪《かぜ》をひいてしまう。

エドゥアールが天幕の中で着替えをする間、ノエルは急いで薪《まき》を組み、教会でもらい火をして焚火《たきび》を起こした。

その間に着替えを済ませたエドゥアールが、荷縄を張って濡れた服を干す。ノエルは井戸から水を汲《く》んできて、やかんに湯を沸かした。

二人で熱いさ湯を飲み、まずは身体《からだ》を温める。ただの沸かした井戸水なのに、ホッとしてとても美味《おい》しく感じられた。

「美味《うま》いな」

エドゥアールも同様に感じたのか、しみじみとつぶやく。と、ノエルの腹の虫が鳴った。

「す、すみません。ホッとしたせいか……」

「食事にしようか」

羞恥《しゅうち》に赤くなるノエルに、エドゥアールはフフッと楽しそうに笑う。

それから水を入れた鍋を火にかけ、買っておいたかぼちゃを手際よく小刀で切り、干し肉と一緒に鍋に放り込んだ。

その鮮やかな手つきに、そばで見ているだけのノエルは感心する。一時、エドゥアールは趣味で料理にのめり込んでいて、それが役に立ったわけだ。

「野外料理までできるなんて、すごいですね」

「こんなのは料理のうちに入らないさ。鍋が煮えるまで時間がかかる。林檎《りんご》を食べよう。前菜代わりだな」

そういえば、箱いっぱいの林檎も買ったのだった。「前菜」の林檎を食べ、坂道を一日、頑張ってくれた馬にも与えた。林檎はちょっとすっぱいが、瑞々《みずみず》しかった。

しばらくして鍋が煮える。干し肉の塩気がかぼちゃの甘みを引き立て、美味しいスープになっていた。買っておいたパンを軽く炙《あぶ》って一緒に食べる。

身体を温めるために、葡萄酒《ぶどうしゅ》の瓶も開けた。高級宿にも引けを取らない夕食だ。

「街であれこれ買っておいてよかったです。正直、無駄遣いだと思ったんですけど」

お腹《なか》がいっぱいになり、葡萄酒をちびちび飲みながら、ノエルは正直な気持ちを口にした。

旅の初日に、エドゥアールがあれもこれもと買い物を増やした時には、しょうのない人だと呆《あき》れた気持ちでいた。

破れた帆布に荷縄、観光の本も旅には不要だと思っていたし、野宿なんてする予定はなかったから、かぼちゃや林檎をまとめ買いするのを見ても、馬車が重くなるとしか思わなかった。

でも今、エドゥアールの買い物がことごとく役に立っている。

宿の隣のおじいさんから詩と交換でもらった外套《がいとう》は、御者台《ぎょしゃだい》で雨風を凌《しの》ぐのに役に立った。今、葡萄酒を飲んでいるこの木のコップは、その時のおまけでもらったものだという。

さっき、馬車から食料を下ろした時、かぼちゃと林檎がたくさんあるのを見て、安堵《あんど》が込み上げたものだ。

備えあれば憂いなし。まさにエドゥアールの言った通りだった。

「私も実際に役に立つとは思わなかったよ。なんだか面白そうだから買ったんだ」

「エド様は昔から、そういう幸運を見つける才能がありますよね。一緒に買い物に行ってよかったです。あの時、いちいちついてこなくていいのに、なんて思ってごめんなさい」

包み隠さず言うと、なぜかエドゥアールは笑った。

「お前のそういう性格に、私は昔からたびたび救われているんだ」

「俺、馬鹿にされてます？」

じろりと相手を睨《にら》む。エドゥアールは「してない、してない」と、言いながら楽しそうに笑った。

ノエルがむっつりしていると、機嫌を取るように葡萄酒を注《つ》ぎ足した。自分のコップにも注ぎ足して、エドゥアールは黙って葡萄酒を飲む。

やがてぽつりと言った。

「よくここまで、お前がついてきてくれたと思うよ」

普段の陽気な口調とは違う、真面目《まじめ》な声音だったので、ノエルは少し驚いた。目を瞬《しばた》いて相手の顔を見つめると、エドゥアールは彼らしからぬ儚《はかな》げな微笑《ほほえ》みを浮かべる。

「鍋だの帆布だのを買って散財したのに、お前は幸運だと言い、見つけた私に感心してくれる。かぼちゃと干し肉だけのスープで幸せそうな顔をして。私もそんなお前の顔を見て、幸せになるんだ」

エドゥアールを幸せにできるのは嬉《うれ》しいが、その言い方だと、なんだかずいぶんおめでたい人間みたいだ。

「そもそも、こんな旅をすることになったのも、私や父が不甲斐《ふがい》ないせいだろう。橋が落ちて遠回りする羽目になって、今日はとうとう野宿だ。恨み言を言われても仕方がない状況なのに、お前は文句も言わずについてきてくれる」

「今さらじゃないですか。どこまでもついていきますって、さんざん宣言したのに。何度言わせるんです」

最初の宿でもそうだったが、エドゥアールはたまに水臭いことを言う。いつもは自信満々なくせに。

「今回のことだけじゃない。今までもそうだ。私や私の取り巻く環境が、お前をたびたび不幸にしてきた。それでもお前は私に恩義を感じて、ここまで愛想を尽かさずついてきてくれた。私は、銀の匙《さじ》をくわえて生まれたと言われるし、自分でもあらゆる幸運に恵まれてきたと思うが、何よりの幸運はノエル、お前に出会えたことだよ」

エドゥアールがそう言って甘く微笑むから、ノエルはどきりとした。

「どうしたんです、急に。おべんちゃらなんて言って」

「世辞など言わない。本当にそう思っているんだ。愛想を尽かされてもおかしくない出来事が過去に幾度もあったのに、お前は私を見限らない」

愛想を尽かすような、そんな出来事があったっけ……と、記憶を巡《めぐ》らせる。

「エド様は、昔からいいご主人様だったと思いますけど」

気まぐれだし、時に呆れるようなこともあるが、使用人たちにも優しいし、理不尽《りふじん》なことは言わない。

ノエルが首を傾《かし》げていると、エドゥアールはまた笑った。

「ジョルジーヌとヤコブスの一件は、愛想を尽かされてもおかしくない出来事だったと思うがな」

「そのことですか」

なんだ、と拍子抜けした。これも今さらだ。

「呆れましたし、嘘をつかれたことは許してませんけどね。結果的に丸く収まりましたし、おかげでこうやって今、こちらがドン尻の時、身を寄せる先ができたんじゃありませんか」

「結果的にはな。だが普通は、その結果に至る前に愛想を尽かすと思うぞ。それに、ジョルジーヌの件だけじゃない。お前には昔から苦労をかけてきた。主にバルバラのせいだが」

エドゥアールが何を気に病んでいたのかわかって、ノエルは「ああ」と、嘆息した。

「そんなの、エドゥアール様のせいじゃないのに。ずっと気にしてらしたんですか」

ノエルが言うと、エドゥアールは黙って寂しそうに微笑んだ。

焚火の炎の加減か、エドゥアールの顔がいつもと違って見える。普段は太陽のように陽気なのに、今は冴《さ》え冴《ざ》えとした月のように青白く、疲れた表情をしていた。

いや実際、疲れているのかもしれない。慣れない旅に出て、最初の宿を出てからは一日の半分は御者台に座っていた。今日などは大雨に晒《さら》され、体力を消耗したことだろう。

「片づけは明日にして、今日はもう寝ませんか。身体を休めないと」

できるだけ優しく言うと、やはり疲れていたのだろう、エドゥアールは素直に「そうだな」と、うなずいた。

ノエルは焚火の始末をすると、教会でわけてもらった寝藁を天幕の中と、馬にも敷いてやった。人間の寝藁の上には余った帆布をかけ、それなりの寝床ができた。

「おお、藁の寝台もなかなかだな」

エドゥアールはさっそくごろりと横になって、子供みたいに嬉しそうにした。

「ノエルもおいで。二人でくっついていないと、寒くて寝られない」

寝床から手招きされ、落ち着かない気分になったが、今夜ばかりは緊張する、などとは言っていられないようだ。

ノエルはおずおずとエドゥアールの隣に横になる。ドキドキするので相手に背を向けると、背中から抱き込まれた。

びくっとするノエルをあやすように、エドゥアールはノエルを抱えたまま軽く身体をゆらゆらと揺らした。

それから、老人の外套を上掛け代わりにする。

「温かいな」

エドゥアールの声が、ぴたりとくっついた身体に響く。旅のほこりと老人の匂《にお》いに包まれてはいるが、確かに温かかった。

温もりというのは、ありがたいものだ。エドゥアールに抱きしめられ、その体温にほっと弛緩《しかん》して、自分の身体が思っていた以上に冷えていたことに気づく。

ひんやりとしていた寝藁と帆布の寝床が次第に温まってくると、それに伴って眠気が襲ってきた。

「ノエル、寝たかい？」

囁《ささや》く声に、反射的に「起きてます」と、答えた。ちょっと寝ぼけた声になっていたかもしれない。

クスッと笑い声がして、また身体がゆらゆら揺れる。気持ちがいい。

「俺、バルバラ様たちのことなんて、気にしてませんよ」

眠りに落ちる前、ふと先ほどまでの会話を思い出し、口にした。これだけは言っておかなければと思ったのだ。

「あの方たちにされたことは腹が立ちますけど、それ以上にエドゥアール様に良くしていただきました。あなたは気まぐれな方だし、ちょっと……いえだいぶ変わってますけど、こんなにいいご主人はいないと思っていましたよ」

ありがとう、とつぶやく声がする。ノエルは「お世辞じゃないですよ」と、付け加えた。

「俺はあなただったから、一生お仕えする気になったし、主人と従者じゃなくてもついていこうと思いました。これからも大変なことはあるでしょうけど、いい時も悪い時も一緒にいますよ。相棒ってそういうもんでしょう」

エドゥアールが彼らしくなく、いつまでもノエルを巻き込んだことを気に病んでいるようなので、念を押しておいた。

「病める時も健やかなる時も、か」

「そうそう、それです」

背後の声に、何気なく相槌《あいづち》を打った。打ってから、何の言葉だっけ、と考える。

でも、眠気が勝ってうまく思い出せなかった。

「ありがとう、ノエル。……すまない」

囁きが耳に吹き込まれ、こめかみに柔らかく温かなものが押し当てられた。うっとりしたけれど、最後の言葉が気にかかる。

(どうして謝るんです)

まだ何か、気に病んでいるんだろうか。

そう尋ねようとしたのに、いつの間にか眠ってしまっていた。

「おお臭《くさ》い。ひどい臭《にお》いがするわ」

女の声がして、ノエルは思わず身を縮めた。

申し訳ありません、と頭を地面にこすりつけてから、いやもう、こんなことをする必要はないんだと自分に言い聞かせる。

これは夢だ。昔の夢を見ているのだ。

自覚すると、言い知れぬ恐怖は少しだけ和らぐ。早く夢から覚めなくてはと思ったが、そこは思うようにいかなかった。

「肥溜《こえだ》めの臭いだぜ、姉さん。あのガキの身体から、腐った臭いがするんだ」

気がつくと、バルバラとヤニックが目の前にいた。二人とも大して背は高くないが、ノエルが幼くて小さいので、見上げる形になるのだ。

そう、これは幼い頃の夢だ。繰り返し、自分に言い聞かせる。もう終わったことだ。

それでも夢の中では、自分で自分が自由にならなくて、二人の前で縮こまっている。

まだエドゥアールに拾われて一年かそこら、母が亡くなって半年くらいだ。悲しみの癒えていない頃だった。

「何なの、その反抗的な目は。いいこと、私はこの家の奥様なのよ。家畜より馬鹿なお前に特別に教えてやるけど、私の一声でお前なんてどうとでもできるの。お前だけじゃない、お前がくっついてるエドゥアールのこともね。あの子を追い出すなんて簡単なんだから」

ノエルは震え上がった。大好きなエドゥアールが、自分のせいでこの家から追い出されてしまうかもしれない。

実際は継母《ままはは》のバルバラがエドゥアールを追い出すなど、あり得る状況ではなかったのだが、まだ屋敷に来たばかりで何も知らないノエルが気づくはずもなかった。

ヤニックがニヤニヤしながら、その場に這《は》いつくばれと命じた。四つん這いになると、ヤニックがその上に乱暴にまたがる。

「お前は犬……いや、そんないいもんじゃないな。お前は豚、野豚だ。ほら歩け。歩けったら！」

ヤニックは昔から太っていた。大人以上に重たい彼を乗せて、ノエルは硬い石畳の上を、姉弟の気が済むまで歩かされた。

手も膝も傷だらけになったが、泣いてエドゥアールのところに行こうとしたら、従僕に止められ、怒鳴りつけられた。

「そんな薄汚いなりで若様のところに行くのか？　若様がお優しいからと付け上がって。迷惑をかけているとわからないのか。甘ったれるのもいい加減にしろ！」

怖くてさらに泣くと、泣くなとまた怒鳴られる。泣くなというのに泣いた。上役の言うことが聞けないなら食事は抜きだと言われた。

ノエルが屋敷に来て数年、ノエルの教育係をしていた男だ。後になって、彼がバルバラから少なくない小遣いをもらい、わざとノエルをいじめていたと知った。

でもその時は、裏の事情など知らない。従僕が説教という名目でねちねちといびるのを、黙って聞くしかなかった。

「育ちの悪いお前が、こんなお屋敷で働くのは分不相応だ。さっさと元居た場所に帰れ。早く、今すぐだ！　これだけ言ってるのに、どうして私の言うことが聞けないんだ？　やっぱりお前は馬鹿だ。人の言葉が理解できない、家畜以下だ」

理不尽な言葉を浴びせられ、説教が終わるのをじっと待ち続けた。

（大丈夫、これは夢なんだ）

ノエルは何度も繰り返す。怖くて崩れ落ちそうになる自分を、どうにか奮《ふる》い立たせた。

（これは今、現実に起こってることじゃない。それにほら、もうすぐエド様がこいつらをやっつけてくれる）

念じるように胸の内でつぶやいていると、ようやくノエルの願いが通じて場面が変わった。

花が咲き乱れる美しい庭園で、大勢の紳士や貴婦人たちがテーブルを囲んでいる。みんな失笑を抑えられないようで、クスクスと肩を震わせて笑っていた。

その中心に、バルバラとヤニックがいる。

ラギエ家の庭園で過去に行われた、バルバラの誕生日会の会場だ。

バルバラがラギエ家の妻という立場を笠《かさ》に着て、自分の誕生日会を盛大に催したのである。

ノエルがバルバラとヤニックにいじめられ、四つん這いにさせられてから間もなくのことだった。

派手好きで見栄っ張りの後妻の誕生日会なんて、誰も進んで来たくはなかったのだろうが、名門ラギエ家の誘いを無視することもできず、結構な人々が集まった。

贅《ぜい》を尽くした会だった。バルバラは自分が主役でご満悦で、ヤニックまでもが主役顔をしていた。

宴もたけなわとなった時、誕生日ケーキが運ばれてきた。数段重ねの巨大なケーキは、ラギエ侯が愛する妻のために、バルバラに内緒で用意していたもの……ということになっているが、実際はバルバラが特別力を入れていた、自作自演の趣向である。

クリームの上に花やリボンをちりばめ、最上段には安物だが大ぶりの宝石をいただいている。

もはやケーキと言えないのでは……とノエルなどはちらりとそんな感想を抱いてしまった。

ちなみにラギエ侯はこの日、仕事で不在だった。ケーキの存在を知っているかどうかも怪しいものだ。

「まあ、これを私に？」

バルバラが、さも知らなかったというように、大袈裟《おおげさ》に口を押さえて驚きの表情を作った。

大きなケーキは係の者たちの手で、会場の中央に恭《うやうや》しく運ばれていく。バルバラもケーキの隣に並んで、しずしずと中央へ向かった。まるでケーキとバルバラの結婚式だ。

会場に白けた空気が流れる中、ノエルの前にある家族席に座っていたエドゥアールが、隣のヤニックに「叔父上《おじうえ》」と、囁いた。

「義母上《ははうえ》に付き添って差し上げてください。本来は息子がするべきなんでしょうが、私が出ると、この美貌《びぼう》で主役を食ってしまうので」

自分で言うな、と普通の人ならば嘲笑《ちょうしょう》されるところだが、当時十二歳だったエドゥアールの美貌がすでに、若き後妻の容姿を凌いでいたのは、誰が見ても事実だった。

ヤニックはチッと舌打ちし、肩を怒らせて立ち上がった。

だがそれで衆目を浴びると、途端にニコニコと卑屈な笑いを周囲に浮かべる。目下の者には威張《いば》り散らしているが、元来は気が小さい男なのだ。

「姉上、お手伝い致します」

花嫁の介添えよろしく、ヤニックが姉の隣に立つ。バルバラは一瞬、忌々《いまいま》しそうに弟とエドゥアールとを見比べた。

自分より美しい義理の息子と、太って見栄えのよくない弟、どちらも自分と並んでほしくなかったに違いない。

バルバラは、ヤニックを手駒として便利に使うけれど、実のところは弟を疎《うと》んじているようだった。

何しろヤニックは、大して勉強もせず、姉の婚家にたかって遊び暮らしている。女癖も悪いし、ラギエ家で食べたいだけ食べるから、ますますぶくぶく太ってきている。太るのが嫌で野菜ばかり食べているバルバラにとっては、苛立《いらだ》つ存在なのだ。

一方のヤニックもまた、傲慢《ごうまん》で身勝手な姉を馬鹿にしていた。金の無心と使用人をいじめる時には姉にすり寄るくせに、陰であのけたたましいニワトリ女、などと悪態をついている。

要するに、似た者姉弟なのである。

そんな二人が一見、仲睦《なかむつ》まじく微笑み合うのは滑稽だった。

中央にあるテーブルの手前まで来ると、ケーキを運ぶ使用人たちがぐるりとテーブルの向こう側に回り、ケーキをテーブルに置いた。

ケーキナイフを持った別の使用人が現れ、バルバラに渡す。彼女は招待客を見回してにっこり笑い、拍手を誘った。

ぱらぱらと白けた拍手が起こり、それでもバルバラは満足したようだ。それから、まだその場でぐずぐずしているヤニックを見て一瞬、苛立った顔をした。

「さっさと横にどきなさいよ」

とか何とか言ったのかもしれない。姉に険のある顔で囁かれ、ヤニックは慌てて一歩下がった。

そして、つるりと足を滑らせた。本当につるっと、氷の上を滑るように。

慌てたヤニックは、あろうことかケーキののったテーブルクロスを摑《つか》んだ。クロスが引きずられ、ケーキが崩れる……バルバラのいる方へ。

会場の客たちは息を呑《の》む。

「いやぁっ」

高い踵《かかと》の靴を履いたバルバラは、悲鳴を上げてよけようとし、転んだ。尻もちをついたバルバラの上に、ちょうどよくクリームたっぷりのケーキがどさりと落ちた。

「あ、あ、姉上ぇ」

慌てたヤニックは地面に手をつき、四つん這いになって近づこうとした。

彼が纏《まと》う衣装は、この日のために誂《あつら》えた新品だったが、地面を這って移動することは想定されていなかったらしい。

途中、ビリッと音がして、ズボンの尻の部分が裂けた。

「えっ」

と、驚いて振り返った時に力がこもったのか、ヤニックの裂けた尻の部分から、「ブッ」と放屁《ほうひ》の音が響く。

会場は静まり返っていて、それは少し離れたノエルにも聞こえた。

「フフッ」

こらえきれない、というように、エドゥアールが笑いを漏らす。それにつられて、会場にいる人々が……客も使用人もみんな……クスクスと笑い出した。

「ふ……はは、これは、度肝を抜く趣向ですな」

まだ少年のエドゥアールがそんな感想を漏らしたのが、余計におかしかったのだろう。客たちはついにこらえきれず、大笑いした。

バルバラとヤニックは、震えながらそんな彼らを睨んでいる。

滑稽だが、とんだ災難だった。客たちは誰もがこれを、天がもたらした偶然のいたずらだと考えたはずだ。

でも、ノエルは知っている。

エドゥアールがバルバラの今日の趣向をすべて把握していたこと。ケーキが登場し、中央テーブルに向かうまで、バルバラが予行練習をして歩くのを、エドゥアールとノエルは陰で見ていた。

それから前の日の晩、エドゥアールが中央テーブルの周りの石畳に、こっそり蠟《ろう》を塗っていたこと。よく目を凝らさないとわからないほど薄く丁寧に、ケーキを運ぶ使用人が歩く部分は、上手に避けていた。

エドゥアールの細工は、蠟を塗っただけではなかった。衣装部屋に忍びこみ、ヤニックとバルバラの靴の裏をヤスリで削ってツルツルにした。

さらにヤニックのズボンは、縫い目を慎重にほどき、ちょっとの動きで縫い目が裂けるようにしてあった。

誕生日会の当日、朝食も昼食も間食も、やけに芋《いも》が出てきた。バルバラは朝も昼も紅茶一杯だから気づかなかっただろう。ヤニックは出されたものは何でもバクバク食べる。

当日、ヤニックに芋を出すよう、厨房に指示を出したのもエドゥアールである。

エドゥアールは、バルバラとヤニックがノエルをいじめたのを知って、憤《いきどお》った。

「僕の大事な従者に手を出したんだ。必ず復讐してやるからな」

ノエルは復讐なんてしなくていいと言ったけれど、エドゥアールが憤ってくれるのは嬉しかった。あまり期待はしていなかったし、何なら忘れていたくらいだったのに、ここまで大掛かりな復讐をするなんて。

「あ、あ、姉上ぇ……ブヒッ」

会場で茫然自失《ぼうぜんじしつ》となる姉弟を見て、エドゥアールはノエルにだけ聞こえるよう、ヤニックの真似《まね》をしてみせた。そっくりの口調で、ノエルも思わず吹き出してしまった。

「大成功だな」

屈託のない笑顔を浮かべる主人に、すーっと胸がすいた。

バルバラとヤニックはその後、誕生日会で散財した挙句、他の貴族たちの前で醜態をさらしたことが噂《うわさ》になり、ラギエ侯から大目玉を食らっていた。

エドゥアールは鮮やかな復讐を遂行してくれたが、その後もバルバラとヤニックの、ノエルへの嫌がらせはなくならなかった。

王都の屋敷の使用人たちを抱き込み、エドゥアールの見ていないところで陰湿ないじめを続けた。

それは、エドゥアールがノエルを大事にすればするほど、ひどくなった。

最初はただバルバラたちに憤っていたエドゥアールだったが、そのことに気づいた時、ひどく自分を責めた。

「僕が考えなしだったせいだ。あいつらは、弱い者を虐《しいた》げる。僕には直接手が出せないから、僕のものを盗んだり壊そうとするんだ。僕がやり返したらお前に矛先《ほこさき》が向くことは、少し考えればわかったはずなのに。本当にすまない」

エドゥアールのせいだなんて、ノエルは考えたこともなかった。エドゥアールが自分を大切に扱ってくれるから、どんなにいびられても耐えられた。

大人たちに寄ってたかっていじめられて、死んでしまいたいと思ったこともあった。もういっそ、ラギエ家を出た方がいいかもしれない、とも。

そうしなかったのは、エドゥアールがいつも必ず味方でいてくれたからだ。

使用人たちから濡《ぬ》れ衣《ぎぬ》を着せられ、盗みの犯人に仕立てられた時も、エドゥアールだけはノエルを信じ、「ノエルがそんなことをするはずがない」と、一蹴《いっしゅう》した。

もう死にたいと思った時、エドゥアールが抱き締めて一緒に寝てくれた。甘いお菓子をくれて、自分にとってノエルがどれほど必要か、繰り返し説いた。

だから、傷ついて沈みこんだ心も浮かび上がることができたのだ。

確か、エドゥアール本人にもそう言ったはずだ。でも彼はやっぱり、自分のせいだと気にしていた。

復讐をしてもさらなる報復がノエルに向くとわかって、エドゥアールはやり方を変えた。正攻法に出たのである。

ラギエ侯に包み隠さず相談し、父子の間で話し合った末、王都屋敷の使用人が大きく入れ替えられた。

ノエルの教育係で、率先してノエルをいじめていた従僕も暇を出され、新しく信頼のおける使用人が入ってきて、王都屋敷も少し居心地がよくなった。

バルバラとヤニックは相変わらずだったが、自分の手足となる使用人がいなくなり、ちょっとやりづらそうだった。

ノエルも同じ使用人に味方が増えて、やられっぱなしではなくなった。やり返すことはできないが、無難にやり過ごすことを覚えた。

それから一年ほどして、バルバラに子供が生まれた。

ラギエ侯もエドゥアールから相談を受け、後妻を放っていたことを反省したようで、しばらくはバルバラの寝所に通っていたようである。

男の子を産んで、バルバラも以前よりは落ち着いた……かのように見えた。

最初は赤ん坊を異常なくらい可愛がっていたバルバラだったが、赤ん坊の首が座るようになると、「可愛くない」と疎んじるようになり、そのうち乳母《うば》に任せて顔も見なくなった。

出産前と同じように社交に買い物にと遊び歩き、散財を再開した。ヤニックもこれに追随した。

二人は賭博場にも足を運ぶようになって、たびたびラギエ侯の怒りを買っていたようだ。

夫婦仲はますます冷えきっていった。それでも三男が生まれたのだから、夫婦とはわからないものだ。

ラギエ侯が、義理だけで娶《めと》ったと言われる後妻をいつまでも離縁しないのは、バルバラの父が宮廷でラギエ侯の立場を左右する絶妙な地位にあるからだと言われている。

本当のところはわからない。エドゥアールは「さっさと離婚すればいいのに」と言っているから、さほど影響力はないのかもしれない。

ただしバルバラは、夫が自分の父親に強く出られないのだと信じているようだった。たびたび、そんな意味の言葉を口にしていた。

貴族たちの関係は、ノエルにはよくわからない。

三男は生まれたものの、ラギエ侯とバルバラの溝が埋まることはなかった。ラギエ侯は年がいってからできた次男と三男を可愛がっているが、バルバラには冷淡に見える。

バルバラはラギエ家に嫁いでから相当な散財をしているようで、たびたび夫に怒られているものの、懲《こ》りた様子もない。

いったいどれくらい散財したのか、今もしているのか、一介の使用人であるノエルにはわからなかった。

三男が生まれた後、エドゥアールが離婚してすぐ、バルバラは別荘地へ引っ込み、エドゥアールも領地に定住をはじめ、ノエルにとって、バルバラも王都屋敷も遠いものになった。

領地屋敷の管理や領地の経営については学んだけれど、領地屋敷は商会でいうところの支店のようなもので、本店は王都屋敷だ。本店の事情や会計状況は、支店を手伝うノエルも詳しく知らされていない。

もっともそうしたお家の事情も、今となってはどうでもいいことだった。

ラギエ家は取り潰し、今後はエドゥアールと二人、見知らぬ土地で生きていくのである。

人生いろいろあるなあと、夢から覚める間際にノエルは思った気がする。

翌日は快晴だった。標高の高い北部は、朝は冬のような寒さだったけれど、天幕を出て朝日を浴びながら焚火を起こしていたら、寒さはさほど感じなくなった。

エドゥアールは少し寝坊をした。旅に出てから毎日早起きだったので、そろそろ疲れが出てきたのかもしれない。

昨日は雨の中を一人で御者台に座らせてしまったし、今日は馬車の中でゆっくりしてもらうつもりだった。

「おはよう。うう、今日も冷えるな」

馬に飼い葉と林檎をやり、焚火で湯を沸かしていると、エドゥアールが青白い顔で起きてきた。

顔がむくんで無精ひげも浮いている。それでも野性的な美貌と言えるくらいで、不思議とむさ苦しさがないのが、エドゥアールの常人離れしたところである。

しかし、あまり体調は良くなさそうだった。

「風邪をひかれたんではないですか。昨日、ずぶ濡れになったから」

ノエルがエドゥアールの額《ひたい》に手を当てようとすると、顔をそむけてきっぱり言った。

「まさか。私は生まれて一度も風邪を引いたことがない」

それは嘘だ。ノエルの知る限り、頑健なエドゥアールも過去に二度ほど風邪を引いたことがある。そして以前に風邪を引いた時も、同じようなことを言っていた。

「あ、やっぱり頭が痛いかもしれない。可愛い恋人が接吻《せっぷん》でもしてくれたら、治るんだが」

思い出したようにそんなことを言うから、ノエルは呆れてしまった。

「焚火の前に座って、林檎でも食べててください」

「してくれないのか」

しゅんと肩を落とす。冗談なのか本気かわからない。いや、冗談なのだろう。

うっかり真に受けそうになっている自分を叱咤《しった》して、熱いお茶を淹《い》れた。エドゥアールのコップには砂糖をたっぷり入れる。

熱くて甘いお茶をゆっくり飲んでいるうちに、エドゥアールの顔色も少し良くなった。

朝食に、炙ったチーズと燻製《くんせい》肉をパンに挟んで出した。エドゥアールは「美味い」と喜んで食べてくれた。

「今日は俺が御者をやります。エド様は中で温かくしておいてください。俺がしんどい時は、代わってもらいますから」

ノエルは、お茶のお替わりを淹れながら釘《くぎ》を刺す。やはり体調が万全ではなかったのか、エドゥアールは素直に聞き分けてくれた。

「うん。すまないが、今日は頼む」

朝食を終えると、火の始末をして天幕を片付け、庭先を貸してくれた教会にわずかばかりの寄進をして出発した。

その際、老人の外套をどっちが着るかで、ちょっと言い合いになった。

「エド様は風邪気味なんだから、エド様が羽織っていてください」

「私は風邪などひいてない。それに、馬車の中でぬくぬくしてるんだ。お前は御者台で寒いじゃないか。お前まで風邪を引いたら困る」

「ほら、やっぱり風邪を引いてるんじゃないですか」

「人の揚げ足を取るんじゃない」

エドゥアールが珍しくムッとした表情を見せたので、ノエルは言い合いになるのを恐れ、それ以上は言い返すのをやめた。

するとエドゥアールは、すぐさまハッとして、「すまない」と謝った。

「きつい言い方をした。やはり調子が良くないのかもしれない。だがこの外套は、お前が羽織っていてくれ。私は別の上着を出すから」

「俺も、嫌な言い方をしました。ごめんなさい。じゃあこの外套は、俺が借りますね」

ノエルも意固地《いこじ》になっていた。上着は一枚ではない。馬車の中では上等な上着を着ても目立たないだろうから、御者台にこそ老人の外套が合理的だ。

そう思って反省したし、エドゥアールがちょっと声を荒らげたくらい、何でもなかった。珍しいなと思っただけだ。

ところが、当人はひどく気にしていた。

「貧《ひん》すれば鈍《どん》す、だな。余裕がないと、心が乱れて荒《すさ》む」

そんなことを言いながら、肩を落としてすごすごと馬車に乗り込んだ。車窓を覗《のぞ》くと、椅《い》子《す》の下に収めた行李《こうり》から、自分で上着を引っ張り出してちゃんと身体の上にかけていた。

ごろりと座席に横になっているので、もしかすると見かけより具合が悪いのかもしれない。けれど、それを指摘しても本人は「大丈夫」と強がるだろうし、ノエルに心配させまいとして、かえって無理をするかもしれない。

今はそっとしておくべきだと悟り、ノエルは黙って御者台に上った。教会を出発する。

昨日は上り坂だったが、今日は緩い下り坂だ。田舎のでこぼこ道なので、速度を出すとかなり揺れる。

振り返って御者台の小窓から馬車の中を覗くと、エドゥアールは横になったまま目をつぶっていた。

白皙《はくせき》の美貌には無精ひげが浮いたままで、やっぱりまだ顔色が悪い。ノエルは手綱《たづな》を引き、馬の速度を緩めた。そうすると、揺れがほんの少しましになる。

田舎道は北北東へ向かっていた。一昨日《おととい》の街から橋を渡ってまっすぐ街道を進めば、一日で次の街に辿《たど》り着くはずだった。

地方都市オルダニー、ノエルたちが表向きの目的地としていた場所である。

ワローネに隣接するこの都市は、エドゥアールの母方の伯父《おじ》、モルヴァン伯が治めている。

モルヴァン伯は、ジョルジーヌとの結婚の際、間に入って縁談を進めてくれた人物だ。

エドゥアールは生母の兄であるモルヴァン伯夫妻と懇意にしていて、昔からちょくちょくオルダニーに遊びに行っていた。

当初の旅の予定では、モルヴァン家には寄らずにワローネへ進むつもりだった。

ラギエ家が取り潰しになって、お尋ね者のエドゥアールが頼ったりしたら、モルヴァン家にも迷惑がかかるというのである。

しかし、エドゥアールの体調次第では一度、モルヴァン伯を頼ることも考えた方がいいかもしれない。

問題は、エドゥアールがうなずいてくれるかどうかだが。

(エド様も実はわりと、意地っ張りで頑固なんだよな)

昔から、人に弱みを見せたがらない。子供の頃からそうだ。もともと身体が丈夫で、病気らしい病気もなく、滅多に風邪を引くこともなかったが、やはりエドゥアールと言えども人の子だから、具合が悪い時もある。

そういう時でも、彼は普段と何ら変わらず澄ました顔をしている。風邪で熱っぽい時でも勉強を休まなかったし、食事の油が古くなっていて腹具合が良くなかった時でも、晩餐会《ばんさんかい》に出席して、油っぽい晩餐を口にしていた。

少しでも弱みを見せたら、周りの貴族たちに付け込まれるからだ。

王都にいた時は、家でだって油断できなかった。バルバラや使用人たちがいるから気が抜けない。

それでもノエルは、従者の自分にだけは弱みを見せてくれてもいいのに、と思ったものだ。

(もう今は二人きりなんだし、少しは頼ってくれてもいいのにな)

貧すれば鈍す……とつぶやいたエドゥアールの、しょぼくれた顔を思い出す。

今日は野宿を避けたい。次の町まではまだ少し遠いが、たとえ日が暮れても、町まで急いだほうがいいだろう。

なるべく馬車が揺れないように、でもできるだけ急いで。ノエルは馬車の中にいるエドゥアールを気にしながら、慎重に先に進んだ。

途中の集落で、水場を見つけて何度か休憩をした。その中で牛乳を分けてくれる農家があって、昼にはパンを牛乳で煮込んだ粥《かゆ》を作ることができた。チーズを入れたパン粥は濃厚で塩が効いていて美味しいいし、栄養もある。

エドゥアールは熱い粥を匙ですくい、フーフー吹きながら一口食べ、目を輝かせた。

「美味いな。パン粥というのか？　初めて食べた」

「そういえば、そうでしたね。使用人はたまに食べますけど」

子供の頃、具合の悪そうなエドゥアールに粥を食べさせたいと料理人に頼んだことがある。粥は庶民が食べるもの、若様に粗末な食事をさせるなんてと、こっぴどく怒られた。

それ以来、エドゥアールが体調を崩しても粥を出そうと考えたことはなかった。

「毎日これでもいいいな」

瞬《また》く間に皿が空になるのを見て、こんなに喜ぶなら、子供のエドゥアールに食べさせてあげればよかったと、今さらながら後悔した。

粥の件だけではなく、エドゥアールには昔から、多くの制約が課せられて不自由な生活をしていた。

ラギエ侯は大らかで愛情深い人だったが、仕事で不在のことが多く、彼からエドゥアールの教育の統括を任された教育係の男は、厳格で差別的な貴族至上主義者だった。

そもそも、王都屋敷で働く人たちはみんな、気位《きぐらい》が高かった。自分たちが名門ラギエ家を支えているという自負だ。使用人も比較的裕福だったり、代々仕えているとか、いい家柄の者も多い。

そんな中、次男が生まれるまでは唯一《ゆいいつ》の跡継ぎだったエドゥアールには、王都屋敷のすべての人々の注目が集まっていた。

ちやほやされるけれど、一方で少しでも若様らしからぬ振る舞いをすれば、大袈裟《おおげさ》に眉をひそめられる。

エドゥアールがエドゥアールらしく育ったのは、不在がちな中でもラギエ侯がエドゥアールに愛情を注いでいたこと、それに一年のうち数か月は、窮屈な王都屋敷を出て、のんびりとした領地屋敷で過ごせたからだろう。

エドゥアールの教育係は田舎で野暮ったいと嫌っていたが、エドゥアールもノエルも領地屋敷が大好きだった。

たまに、王都の仕事を片付けてラギエ侯が同行してくれる時は、本当に最高だった。

(旦那様はどうされてるかな)

王都で蟄居《ちっきょ》させられているという、ラギエ侯の顔を思い出す。

なんだかんだ言って仲のいい親子だから、エドゥアールも心配なはずだ。あまり、心配している風も見受けられないが。

(いや、強がってるだけだ。きっと)

ワローネに着いたら、ラギエ侯を救出する方法をエドゥアールと考えよう。そのために、エドゥアールに元気になってもらわなくては。

午後の休憩を終え、エドゥアールが馬車の運転を替わると言ってきたので、喧嘩《けんか》にならないよう慎重に断った。

「エド様が本調子になったら、一日運転してください。しゃくし定規に交替しなくても、いいんじゃないかと思うんですよ。調子がいい方が運転する。俺たちは相棒なんだから」

言ってから、ちょっと偉そうだったかな、と思ったが、エドゥアールは「そうだな」と、嬉しそうにうなずいた。

「そうだ、伴侶というのはそういうものだな」

伴侶と相棒は、ちょっと言葉の意味が違う。恋人ごっこをしてみたり、どうもエドゥアールは、話をそちらに持っていこうとしている気がする。

(恋人、って言っておかないと、俺が離れないか不安なんだろうな)

ずっとそばにいると、何度も言って聞かせているけれど、環境が一変して何もかも失ったのだから、不安が払しょくしきれないのは仕方がない。

ワローネに着いたら、きっとエドゥアールも少しは気持ちが落ち着くはずだ。

そうなれば、恋人ごっこは終わり。そう考えて、今度はノエルの心にすきま風が吹いたような、一抹《いちまつ》の寂しさを覚えた。

エドゥアールは、本気でノエルを恋人にしたいのではない。そんなことわかっているけれど、好きな人から甘い言葉や微笑みを向けられるのは、やっぱり嬉しかった。

このままずっと、恋人ごっこが続けばいいのに。

そんなつぶやきが、心の隅にぽろりと落ちる。ノエルは慌てて振り払った。恋人ごっこは、エドゥアールの不安の表れだ。エドゥアールにこれ以上、心細い思いをさせたくない。

一人で御者台にいると、そうした思考がつらつらと頭を過《よぎ》っては消えていく。

最後の休憩の後、道は傾斜を下りきり、平坦《へいたん》な田舎道が続いていた。

日は山の向こうに沈みかけ、辺りは暗くなり始めている。前方にはこんもりとした雑木林の影が見えた。

あの中に入ってしまったら、暗くて手綱も見えないだろう。

ノエルは雑木林の手前でいったん、馬車を停めた。前方の吊り下げに行灯《ランプ》を取り付け、油をさしていると、エドゥアールが窓から顔を出した。

「ずいぶん暗くなったな。やはり、ここらで野宿した方がいいんじゃないか」

今日のうちに町に着きたい、ということはエドゥアールにも伝えてある。賛成してくれたが、無理はしないでおこうとも言われた。

灯《あか》りがあるとはいえ、慣れない道だ。斜面に馬車を滑らせたり、ぬかるみにはまったりする危険もある。

でも目の前の林を抜ければ、町まではそう遠くないはずなのだ。

「もう少しだけ進んでもいいですか。どのみち、この辺りは川もなくて不自由ですし」

食い下がると、エドゥアールも「そうだな」とうなずいた。

ノエルは御者台に上り、慎重に手綱を取った。そうして林の入り口を通り抜ける頃には、日はすっかり落ち、真っ暗になっていた。

こうなると、夜でもよく見える馬の目と、馬車の灯りだけが頼りだ。

真っ暗な雑木林など、人っ子一人通らない……と、思っていたら、後ろから馬のひづめの音が聞こえてきた。それも一頭ではない。

こんな時間に珍しいなと思う。落ちた橋の手前で街道を逸《そ》れ、田舎道を進むようになってから、たまに人や馬車とすれ違うことはあったが、本当にたまにだった。

だいたい近所の農家の荷運び用の馬車で、旅人もいるにはいたが、いずれにせよみんな暗くなる前にいなくなってしまう。

嫌な予感がした。野盗、という言葉が頭を過る。

エドゥアールも後ろの馬の音に気づいたようで、御者台の小窓を覗き込んで言った。

「ノエル、速度を上げられるか。できるだけ速く」

「はい。やってみます」

手綱を打って馬の速度を上げる。とはいえ、こちらは馬一頭が、男二人に旅荷を乗せている。大して速度が出るはずもなかった。

そうしている間にも、馬の音は近づいてくる。振り返ると、暗闇の中でも相手の姿がわかるくらい、距離が縮まっていた。

馬は三頭ほどだった。先頭の馬に乗った男の姿を見てすぐ、ただの通りすがりではないとわかった。

男は頭と鼻から下を布で覆っていた。服装は暗くてわからないが、どう見ても近所の農家の装いではない。

野盗だ。ノエルは血の気《け》が引いた。腰には念のため、短剣を差しているけれど、あれで三人と戦えるだろうか。

そうこうしているうちに、先頭の男はすぐに追いつき、馬車に並んだ。御者台と、馬車の中を覗き込む。そうして後ろを振り返り合図を送ったようだった。

（どうしよう）

ノエルが最悪の事態を想像したその時だった。

後ろの車窓から、きらりと何かが閃《ひらめ》いたかと思うと、馬車に並んでいた男がわあっと叫んで馬から落ちた。

「ノエル、前を見ろ」

呆気《あっけ》に取られていると、エドゥアールが御者台の小窓から声を上げた。ノエルは慌てて前方に注意を戻す。

どうやら、エドゥアールが自分の剣で車窓から男を攻撃したらしい。

冷静さを失う中、ようやくそう理解したところで、後ろにいた二頭が馬車の両脇に並んだ。

馬上にいる男二人はすでに、抜刀している。彼らの視線は無防備な御者台ではなく、馬車の中のエドゥアールを向いていた。

先頭の男を難なく倒したことで、エドゥアールに標的を合わせたのだ。

「エド様！」

「心配ない。お前は運転に専念してくれ」

でも、二人がかりなのだ。両方から同時に剣で突かれたら、いかなエドゥアールでもひとたまりもない。

「私は大丈夫だ」

ノエルの焦りを読んだように、エドゥアールが繰り返した。その時、馬車の左側にいた男がさらに前に出た。

ノエルが左を見ると、男と目が合う。覆面の下で男がにやりと笑うのがわかった。

腰の短剣に手をやろうとしたが、その前に男がはっと目を見開いた。何が起こったのかといぶかしむ間もなく、左の男はぐにゃりと崩れて馬から落ちた。

しばらく、馬だけがパカパカと馬車を並走していた。

エドゥアールが男を背中から刺したらしい。ノエルが振り返った時、血に濡れた剣が車窓から中に引っ込むのが見えた。

残るは一人……と、右側を見れば、そちらもいつの間にか、空の馬が走っていた。

「すごい」

目を瞠《みは》るような早業だった。ホッとしたのも束《つか》の間《ま》、小窓からエドゥアールの硬い声音がかかった。

「ノエル、ゆっくり馬車を停めてくれ。降りて両脇の馬を捕まえる。お前はこのまま町まで向かってくれ。私は馬を捕まえたら、すぐ後を追う」

「え、ど、どうして」

ノエルは混乱したが、エドゥアールの声はどこまでも冷静だった。

「男たちは深手を負わせたから、すぐには追ってこられないだろう。しかし、曲者《くせもの》が三人だけとは限らないからな。馬は男たちに襲われた物証になる。町の警備隊に報告しなければ」

それを聞いたノエルは、周りに野盗が潜んでいないかとブルブル震えながら馬車を停めた。


ノエルが半泣きになりながら一人で馬車を操り、町に辿り着く頃、エドゥアールが追いついた。

野盗の馬に乗り、二頭の馬を荷縄で引きながら器用に走ってきたのだ。三頭すべてを捕まえた手際もさることながら、二頭を並走させながら馬を操る馬術にも驚嘆する。

とはいえその時のノエルは馬どころではなく、エドゥアールが無事に現れたのを見て安堵のあまり泣いてしまった。

「心配をかけてすまなかった」

エドゥアールはだらしないノエルに呆れることもなく、甘やかで優しい微笑みを浮かべ、ノエルを抱きしめてくれた。

二人は町の人に声をかけて警備隊の詰め所がある場所を聞き、そちらに向かった。

「私はエドゥアール・ド・ラギエという。ラギエ侯の領地から来た旅の者だ。そこで野盗に襲われたので、ご対応願いたい」

警備隊の人たちは、夜に突然現れたエドゥアールに一瞬、迷惑そうな顔をしたものの、堂々としたエドゥアールの態度に慌てて居住まいを正し、さらに「エドゥアール・ド・ラギエ」の名を聞いてすくみ上がった。

「ラギエ様……モルヴァン伯の甥御《おいご》様ですか！　これは失礼致しました！」

そういえばもう、ここはモルヴァン領だった。領主の甥で、名門ラギエ家の嫡男が現れたのだから、慌てるのは当然だろう。

すぐに警備隊長がやってきて、エドゥアールはもちろん、その従者のノエルも下にも置かない扱いになった。

エドゥアールとノエルは、聴取を行う部屋ではなく、応接室に通されて温かいお茶を振る舞われ、野盗に襲われたことを報告した。

警備隊長はすぐさま、警備隊員を雑木林へ派遣した。外に繋いでおいた野盗の馬も引き取ってくれた。

しかしどうやら、野盗は警備隊が到着する前に逃げてしまったようだ。道に血痕《けっこん》が落ちているのが発見されたが、どこに逃げたのかは判然としない。

「誠に申し訳ありません。明るくなり次第、犯人の捜索を開始致します」

警備隊長がかしこまってエドゥアールに報告した。

その頃にはエドゥアールとノエルは、警備隊長の采配《さいはい》で町一番の宿屋に案内され、食堂の個室で夕食を振る舞われているところだった。

一番いい部屋は塞《ふさ》がっていると、宿屋の主人が申し訳なさそうに言って、二番目にいい部屋を用意してくれていた。

エドゥアールは「ありがとう」と微笑むだけだったけれど、ノエルはこっそり宿屋の主人に近づき、

「実は、手持ちの金があまりないのですが」

と、耳打ちした。宿屋の主人はノエルたちが野盗に襲われたことを聞いていたので、金を盗まれたと勘違いしたらしい。

「従者の方も災難でしたね。どうかお金のご心配はなさらないでください。手前どものような田舎の宿屋に、ラギエ侯のご子息にお泊まりいただくこと自体が名誉なのですから」

宿の宣伝になるから大丈夫ですよ、ということらしい。ノエルが恐縮すると、「半分は警

備隊にツケておきますから」と、冗談めかして言ってくれた。

ノエルは繰り返し礼を言った。エドゥアールの体調を考えて、どこか安い宿屋に泊まればいいと思っていたので、本当にありがたい。

食堂の食事も美味しかった。エドゥアールも食欲はあるようで、出された料理はすべて平らげた。

食後のお茶を飲む頃に、警備隊長が現れて、一緒にお茶を飲みながら報告を聞いた。

「いや、速やかな対応に礼を言う。この宿の手配もありがとう。野宿を覚悟していたので助かった」

鷹揚《おうよう》な貴族の返答に、警備隊長はホッとした表情を隠さない。

領主の甥で、名門ラギエ家の跡取りが野盗に襲われた。これでラギエ侯の子息が負傷でもしていたら、この町周辺の治安を預かる警備隊長の責任問題になったところだ。

エドゥアールがごねたりせず、寛大な態度を取ったので、警備隊長も安心したのだろう。

「橋が崩れて遠回りをしていらしたとか。さぞお疲れでしょう。先を急がれるのでなければ、こちらで何日でもご逗留《とうりゅう》ください。宿代は警備隊で持ちますので、お気になさらず」

従者の方もよろしく、とノエルにも言い添えて、警備隊長は最後までぺこぺこしながら帰っていった。

食事を終えると宿の客室係が、湯の準備ができていると伝えにきた。町一番の宿だけあって、部屋に風呂がついているのだ。

「良かったですね、エド様。お風呂はすぐに入られますか。髭《ひげ》は明日、あたりましょうか」

ノエルは一日ぶりの宿にほくほくしていた。いい宿のいい部屋で、しかも、代金は警備隊持ちなのだ。何日でも泊まっていいという。大盤振る舞いである。

「いや、私は一人でできるよ」

けれどエドゥアールの冷静な声を聞いて、ようやく思い出した。

そういえば、ラギエ家は取り潰され、王国軍に追われているのだった。さーっと血の気が引く。

野盗に襲われたことと、警備隊長や宿屋の歓待ぶりに失念していた。まだこちらには、ラギエ家取り潰しの報せは届いていないようだが、時間の問題だ。

「俺、自分たちがお尋ね者なのをすっかり忘れていました。ど、どうしましょう。逃げた方がいいでしょうか」

オロオロするノエルに、エドゥアールは「大丈夫」と優しく微笑んだ。

「お前が心配するようなことにはならないから、安心しなさい。それより、風呂はお前が先に入っておいで。怖い思いをして身体が冷えただろう」

エドゥアールの表情は、冷静を通り越してどこか沈んでいた。落ち込んでいる、と言うべきかもしれない。

「私は風呂の前にやることがあるんだ。先に入っておいてくれ」

真面目な顔で諭され、ノエルは先に風呂に入った。温かいお湯を使って身ぎれいになると、気持ちも落ち着いた。

寝間着を着て浴室から出ると、エドゥアールは一通の手紙をしたためているところだった。ノエルが出てきたのを見て、客室係を呼ぶ。

係は葡萄酒の瓶を携えて現れた。宿の主人からの心づけだという。エドゥアールは礼を伝え、風呂のお湯を替えるのと、したためた手紙を出すよう頼んでいた。

いったい誰に手紙を書いたのだろう。宛名は、ノエルのいる位置からは見えなかった。

客室係がいなくなると、エドゥアールは「さて」と言って立ち上がる。

「私も旅の汚れを落としに行こう。先に葡萄酒を飲んでいていいぞ。あんなことがあったから、お前もまだ眠る気にはなれないだろう」

彼の言うとおり、まだ神経が張り詰めていて、眠れそうになかった。こんな時に葡萄酒は嬉しい。

「半分は残しておいてくれよ」

葡萄酒の瓶に喜ぶノエルに、エドゥアールは浴室へ去り際、冗談めかしてそう言った。

でもやはり、表情がどこか沈んで見える。

(どうしたんだろう)

警備隊長に野盗の報告をした辺りから、エドゥアールの表情が暗くなっていった気がする。野盗に襲われたのだから、平常心でいられないのは当たり前だ。ノエルなど、思い出すだけでぶるっと身震いしてしまう。

でもエドゥアールの様子は、恐ろしい思いをして怯《おび》えている、というのとも違っていた。葡萄酒を飲んでも気持ちは落ち着かず、エドゥアールが風呂から上がるのを待った。

しばらくして浴室から現れたエドゥアールは、無精ひげを綺麗《きれい》に剃《そ》り、自分で行李から引っ張り出してきたらしいガウンを素肌に纏っていた。

洗い髪を手拭《てぬぐ》いで拭きながら部屋に入ってきたのだが、そのしどけない姿に、ノエルは先ほどとはまた別の意味で落ち着かなくなった。

ガウンの襟《えり》が大きくはだけ、逞《たくま》しい胸元が覗いている。

家では決して、こういう恰好《かっこう》はしなかった。風邪を引かないようにと、ノエルが寝間着を用意し、髪を拭き上げて、こまめに世話をしていたからだ。

「あ、あのっ、エド様も葡萄酒、飲みます？」

相手を直視できなくて、キョロキョロと視線を彷徨《さまよ》わせながら言った。

「ああ。もらおうかな」

けれど静かな声音にすぐ、とっ散らかっていた頭が落ち着いた。ノエルは正面にいるエドゥアールに目を向ける。

彼はちょうどテーブルに視線を落とし、ノエルの向かいの席につくところだった。伏せられた目が悲しげで、まるでこの世の終わりに、最後の酒を飲もうとしているかにも見えた。

ノエルがグラスに葡萄酒を注ぐと、一口飲んで「美味いな」と、静かにつぶやく。見ているノエルまで悲しくなる。いったい、何があったというのだろう。

「先ほどの手紙は、モルヴァン伯に宛てられたものですか」

どうしてそれほど悲しい顔をしているのか、直截《ちょくせつ》に尋ねる勇気がなくて、代わりにそんな質問が口を突いて出た。

「いや。王都の父宛てにだ」

答えはすぐに返ってきたが、エドゥアールはこちらを見ない。

「旦那《だんな》様に？　大丈夫なのですか」

蟄居中のラギエ侯に、国から追手がかかっているエドゥアールが手紙を送るとは。居場所を知らせるようなことをして大丈夫なのだろうか。

訝《いぶか》しむノエルに、エドゥアールは「ああ」とだけ答えた。やはり目を合わせない。

エドゥアールはわずかな間、自分のグラスを見つめた後、それを飲みかけてやめた。

グラスをテーブルに置き、拳《こぶし》をぐっと固める。何か決意をしたようだった。顔を上げてこちらを見た時、エドゥアールの表情は悲しみから、思い詰めたものに変化していた。

「旅は中止にする」

「中止？　え、でも」

「オルダニーには向かう。そこからワローネには進まず、伯父上の元にしばらく身を寄せることにする」

「ですが、そんなことをしたらすぐ、王国軍に捕まってしまいます」

逃げるのを諦める、という意味だろうか。捕まったらただでは済まないと言っていたのに。

ノエルは悲愴《ひそう》な気持ちになる。それを見たエドゥアールは、さらにつらそうな顔をした。

「すまない、ノエル」

その謝罪は、運命を享受するという意味だと思い、ノエルの目にはぶわっと涙が溢《あふ》れた。

「すまない」

エドゥアールは繰り返す。しかし、次に彼の口から出てきたのは、ノエルが想像もしない言葉だった。

「追われているというのは、嘘なんだ」


二人はテーブルに座って対峙《たいじ》したまま、しばらく黙り込んでいた。

客室の窓の外で、ホッ、ホッ、ホッ、と梟《ふくろう》が鳴くのが聞こえる。

今しがた耳にしたエドゥアールの言葉が、なかなか理解できない。

「――は？」

聞き間違いかもしれない。しかし、エドゥアールは思い詰めた表情のまま、

「すまない、嘘をついた」

「は？　え？　何ですって？」

ノエルは混乱した。

「父が失脚したというのは嘘だ。もちろん蟄居もしていない。弟たちも王都で元気に暮らしている」

ますます混乱する。

「ということは、追手もかかっていない？」

そういえばさっき、そんなことを言っていたなと、聞いてから思い出す。エドゥアールが神妙な顔でうなずいた。

「王都で失脚した貴族がいるが、それは父ではなく父の政敵だ。ラギエ家はいまのところ安泰だ。領地の使用人たちに暇も出していない。彼らは今も変わらず暮らしている」

ノエルはまた、「は？」と言ってしまった。今度はキレ気味に。

「騙して悪かった。いや、謝ってすむことではないが」

「本当ですよ」

ノエルはほとんど食ってかかる口調で返した。ジョルジーヌとの結婚について、まだ許していないと言ったのに、また騙された。

「何がしたいんですか、あなたは。何回騙したら俺が愛想を尽かすか、試してるんですか」

「違う。だが近い」

ノエルは目を吊り上げた。愛想を尽かしたほうがいいだろうか。

そうした不穏な空気を悟ったのか、エドゥアールは慌てた様子で不器用にガタガタと椅子を引き、ノエルの前にひざまずいた。

「愛想を尽かす前に、頼む。どうか、わけを聞いてくれ」

元来、ノエルは決して鷹揚な性格ではない。どちらかというと気が短くて、裏切られた相手に再び気を許すこともない。

それでも話を聞こうと思ったのは、相手が他ならぬエドゥアールだったからだ。

もしこれがエドゥアールではなく別の誰かだったら、この場でぶん殴っていた。いや、それだけでは生ぬるい。裸にひん剝《む》いて街道沿いの木に括《くく》りつけていたところだ。

いやいや、まだそれでも生ぬるいかもしれない……。

「これには理由があるんだ」

ノエルの殺気に気づき、エドゥアールは焦って繰り返した。寒気がしたようで、ガウンの襟元を掻《か》き合わせている。

「もちろん、そうでしょうとも。俺も自分の主人が、理由もなくこんなことをしでかすような、頭のおかしい人物だとは思いたくありませんね」

言って、葡萄酒のグラスを一息にあおった。タン、と乱暴にテーブルに置き、じろりと足元のエドゥアールを睨みつける。

「さぞかし、込み入ったわけがおありなんでしょうなあ」

「う……」

嫌味っぽくネチネチ言うノエルに、エドゥアールは身を縮めるばかりだ。

ノエルは葡萄酒を注ぎ足し、また飲み干した。これだけでは足りそうにない。椅子から立ち上がると、エドゥアールが慌てたように腰を浮かせた。

「ノ、ノエル？」

「話を聞くのに落ち着かないから、エド様はちゃんと椅子に座ってください」

「あ、はい」

エドゥアールがおずおず自分の席に戻る間、ノエルは衣装棚に運んだ旅荷の中から、葡萄酒の瓶をありったけ取り出してきてテーブルに置いた。

「これは？」

「エド様のじゃありません。ぜんぶ俺の分です。飲まなきゃ、やってられないんですよ」

最後の情けで、エドゥアールには飲みかけの葡萄酒の瓶をくれてやった。自分の前に酒瓶を並べ、新しい瓶の栓を開ける。

一杯飲み干したところで、ノエルは「さて」と再び相手を睨んだ。

「それでは聞かせていただきましょうか。俺を騙した理由とやらを」

エドゥアールは、膝に手を置いてうつむきがちになりながら、「実は」と切り出した。

「父と賭けをしたんだ」

「賭け」

のっけから不穏な言葉だ。エドゥアールは慌てて言いわけをする。

「遊びや冗談ではない。真剣な、我が人生のすべてを懸けたものだ。これにはわけがあって……って、最初に言ったな。すまないノエル。焦るあまり、言葉が出てこないんだ。今、順序だてて説明するから」

エドゥアールは、今まで見たこともないほどうろたえている。ジョルジーヌの結婚の裏話を打ち明けた時でも、こんなに焦ってはいなかった。

オロオロしている主人を見て、ちょっと気の毒になり、慌ててその感情を振り払う。今度という今度は、よほどの事情がない限りは許しておけない。

ノエルは立て続けに葡萄酒を一杯、二杯と飲んだ。エドゥアールがそれを心配そうに見る。

「ちょっと、飲むのが速すぎないか？」

「素面《しらふ》じゃとても、聞く気になれないんですよ」

斬って捨てるように言うと、エドゥアールは「そ、そうか」と、視線を彷徨わせた。

相手がいつになくウジウジしているので、話がちっとも進まない。ノエルは酒を飲みながら先を促した。

「で？　旦那様とどんな賭けをしたんです」

「賭けというのは語弊があった。父と約束したんだ。私が父に頼みごとをして、それを飲む条件として、今回の旅が提示された。もし私とノエルが無事、この旅を遂行できたら、父は私の頼みを聞いてくれるというんだ」

「頼み？」

私とノエル、と言うからには、ノエルにも関係のあることなのだろう。

「えっと、その頼みが何かは、後で説明させてくれないか。……うう、どうにも順序だてて話せない」

情けない声で頭を抱える。瞬時に筋書きを考えたり、文章をまとめたりするのは、彼にとって朝飯前なはずなのに。

それでもノエルは、ツンケンした態度で、「どうぞ」と言った。

「焦らずごゆっくり。もう先を急ぐ必要もないんですから」

明日、朝早く起きて地図を見直したり、旅荷や馬車の点検をする必要もない。

やさぐれた気持ちで、ノエルは葡萄酒をガブガブ飲んだ。

ノエルの言葉にエドゥアールは一瞬、ひどく悲しげな顔でこちらを見る。じろりと睨むと、長いまつ毛はすぐに伏せられたが。

エドゥアールは少しの間、うつむいて考えごとをしていた。でもやがて、話をまとめるのを諦めたようだ。

大きくため息をついた後、がぶりとグラスの葡萄酒を大きく飲み干した。

「――お前には無理だと、父に言われたんだ」

やがて訥々《とつとつ》と、エドゥアールは話し始めた。ノエルは「何を?」とは聞かず、黙って耳を傾ける。

いつものエドゥアールだったら、滑《なめ》らかに淀《よど》みなく、理論立てて自分の考えを話すことができる。なのに、今はつっかえつっかえ、頭の中の出来事を言葉に紡《つむ》ごうと躍起になっている。

いったい何が彼をそうさせているのだろうと、酒を水のように飲むかたわら、ノエルは不思議に思っていた。

「先月、父が領都にやってきた時の話だ。お前たちには骨休めだと言っていたが、私と後継者問題について話し合うためだった」

その言葉に、当時のことを思い出す。休暇にしては半端な時期だと、使用人たちとも話していたのだ。

でも、もともとラギエ侯は多忙で、予定が変わることもしょっちゅうだったから、あまり気に留めていなかった。

領地屋敷に滞在中、エドゥアールと二人きりで部屋にこもり、長いこと話をしていたこともあったが、それも親子が顔を合わせるのは年に数度だから、積もる話があるのだろうと思っていた。

「まあ例によって、跡を継がないと言い張る私と、どうしても継いでくれという父とで押し問答になったんだが。父はバルバラと離婚を決意したこともあって、これ以上、後継者問題を先延ばしにしたくないらしいんだ」

「離婚なさるんですか」

「ああ。しかしまだ、お前以外に誰にも言っていない。バルバラ本人にも。私と父の中だけで話していたことだ」

これも初めて聞く話だ。エドゥアールはずいぶん前から父に離婚したらどうかと提案していたのに、ラギエ侯は応じなかったのだ。どういう心境の変化だろう。

「ヤニックが、ラギエ家の名前で投資をして失敗したんだ。バルバラも一枚嚙《か》んでいた。他にもいろいろ、別荘地に行ってから見過ごせない問題を起こしていたんでな。これを機に、父もとうとう縁を切ることにした。もっとも見過ごせないと言うなら、王都にいた頃から看過できない問題ばかり起こしていたが」

バルバラとヤニックの顔を思い出したのか、意気消沈していたエドゥアールの瞳に一瞬、怒りと苛立ちが灯《とも》る。

けれどそれは、ため息と共にすぐに消えた。

「離婚して大丈夫なんですか。その、宮廷のしがらみとか」

ラギエ侯はバルバラの父に恩があるから、離縁できないのだとバルバラは吹聴していた。

ノエルが口を挟むと、エドゥアールは話にならない、というように、皮肉っぽく唇の端を歪《ゆが》ませた。

「父が舅《しゅうと》に恩があるとか何とか、そういう話だろう。あの女が一人で言っているだけだ。確かに結婚当初、バルバラの父親が宮廷の要職に就いて影響力を持っていたが、二年ほどして政局が変わった。弟が生まれる前にすでに、バルバラの実家とは何のしがらみもなかったんだ。あの時、離婚しておけば面倒はなかった。もっとも、そうなったら弟たちは生まれなかったんだが」

エドゥアールもラギエ侯と同様に、異母弟たちには愛情を持っている。だからこそ余計に、バルバラに対して複雑な思いを抱いているのだろう。

「ついでに言うと、弟たちは二人とも、父の子ではない」

ポロッと、本当についでのように重大な真実を告げられ、ノエルは「ええっ」と大きな声を出してしまった。

エドゥアールはそんなノエルの反応に、困ったような微苦笑を浮かべる。

「私も父に聞かされた時には驚いた。下のアンリが不義の子だとは知っていたが、上のミシェルまで父の種でないとは、知らなかった」

「俺は両方、知りませんでしたよ……」

「当然だ。醜聞だからな。誰かに打ち明けたのはこれが初めてだ」

バルバラが二番目の子供を懐妊した当時、ラギエ侯とは夫婦生活がなかったのだという。

エドゥアールは薄々それに気づいていて、三男が生まれた直後に父を問い詰めたところ、ラギエ侯も認めたらしい。

けれど当のバルバラはしれっとしていて、子供はラギエ侯の三男だと言い張った。

夫と性交渉がなかったのだから、嘘がバレるのはわかりきっているのに、あまりにも堂々としている。

ラギエ侯がなぜ妻の不義を追及しなかったのか、その心中はわからないが、ともかくエドゥアールが事実を明らかにした時にはもう、三男は生まれてしまっていた。

「子供に罪はないし、ミシェルも弟ができたと喜んでいたしな。父が目をつぶるなら何も言わないでおこうと思ったんだ。それに種がどうあれ、私の代わりに家門を支えてくれる兄弟が増えるのは嬉しい」

貴族は血筋を大事にするものなのに、エドゥアールの考え方も変わっている。しかしともあれ、エドゥアールは見て見ぬふりをすると決めた。

貴族にとって血の繋がりが大切だというなら、次男に跡を継がせればいい。そう考えていたというのだ。

ところが先月、ラギエ侯が領地屋敷に来た折、次男のミシェルも自分の種ではないと打ち明けられた。

「次男も三男も可愛いが、家はやはり私に継がせたいと言うんだ。それが正道だし、後々の問題にもなりにくい」

それはそうだろう。ノエルもうなずく。

長男のエドゥアールは、離婚歴があるし、女癖も男癖も悪かったが、今はとりあえず落ち着いている。

多少というか、かなり変わっているけれど、それさえ目をつぶれば、あらゆる才能に恵まれた超人的な人物だ。

対する次男と三男はまだ幼い。勉強は頑張っているけれど、神童と呼ばれた長男ほどではないようだ。

そして何より、ラギエ侯とは血が繋がっていない。

いずれの判断材料を取っても、エドゥアールが跡を継ぐべきだと示唆《しさ》している。

「私はできれば、面倒な家のしがらみからは離れて、でも富と権力の美味しいところだけは享受して、自由気ままに創作活動などして生きていきたかったんだ」

「正直ですね」

また思わず言ってしまった。エドゥアールのそういう、下手に本音を誤魔化《ごまか》さない明け透けなところは、ノエルも嫌いではない。

うん、とエドゥアールはうなずき、何かを思い出したのか、しょんぼり肩を落としてため息をついた。

「跡継ぎ問題は、もうすっかり弟たちに押しつけるつもりでいたんだ。ジョルジーヌと離婚した時に。でもそうも言っていられないとわかった。父の種でないアンリやミシェルに家門を継がせたら、後々どんな騒動になるかわからない」

たとえば、弟のどちらかがラギエ家を継いだ後、バルバラが強請《ゆす》りたかりに来るかもしれない。

醜聞の元凶はバルバラなのだが、平気で金をせびりに来そうなのが、彼女の怖いところだ。常識や良識が通用しない。自分本位で他者を顧みない。

ある意味では、そこらの権力を持った人間より、何も持たない彼女のほうがよほど恐ろしい。自分の欲望を叶《かな》えるために、なりふりかまわずに行動するからだ。

「今後の平穏を考えたら、私が跡を継ぐしかないんだろう。私は跡継ぎとなることを受け入れる代わりに、父に交換条件を出した。跡は継ぐが、結婚をしないと。……これがこの旅の発端だ」

エドゥアールの声音が再び、暗く沈んだ。

「跡は継ぐ。だが二度と結婚はしない……国の法律が変わりでもしない限りは」

沈んだ声を聞いて、ノエルまで悲しくなる。うう、と小さく呻《うめ》いて、気を取り直すためにまた酒を飲んだ。

そういえばさっき、野盗に襲われたのだった。

一生に一度あるかないかという重大事件が起こったのに、それさえ過去の出来事に思えるような、驚くべき話が次々に出てきて、ノエルの頭はそろそろ情報を整理しきれなくなっていた。

エドゥアールが結婚しないのと、国の法律が関係があるのだろうか……という疑問が一瞬、頭をよぎるも、その他の話が混ざり合って、何から考えていいかわからなくなる。

ちょっと頭を整理しよう、と思って酒を飲む。

ノエルが葡萄酒を注ぎ足すのを見て、エドゥアールが物言いたげな顔をしたが、それどころではなかった。

ごくごくと葡萄酒を飲み、ほっと息を吐く。何となく、視界がぼやけたような気がしなくもない。

それにしても、エドゥアールが結婚をしないことが、なぜノエルを騙して旅に出ることに繋がるのだろう。

「跡を継ぐのは最大の譲歩だと、父に言った。二度と結婚はしない。子供も作らない、作れない。私が中継ぎになって、あとはアンリかミシェルの子供に跡を継いでもらう。その時にはバルバラも年老いて、今ほど好き勝手はできなくなっているだろうから」

その後もぐびぐび酒を飲むノエルを前に、エドゥアールは話を続ける。やや口調が速くなった。

「それがお嫌なら、また新たに妻を娶り、今度こそ本当に自分の種の子を産ませてくれと言ったんだ。父は、私のその言い方が癇《かん》に障ったらしい」

「まあ、そうでしょうね」

ラギエ侯の気持ちもわかる。ノエルがラギエ侯の立場でも、ちょっとムッとするような言い回しだ。

エドゥアールもそれはわかっているのか、軽く肩をすくめた。

「自分でも、もうちょっと言い方があっただろうと反省している。父と話すとつい、感情的になってしまうんだ。向こうも向こうで頭ごなしだし」

端《はた》で見ていても、この父子がお互いを思いやっているのはわかる。でもエドゥアールの言うとおり、二人は会うとしょっちゅう言い合いをしていた。

だいたい、ラギエ侯がエドゥアールにそろそろ再婚しろと言い、エドゥアールはあんな女をいつまでも飼っていると不幸になりますよ、と離婚を促す。どちらも言い方はぶっきらぼうで、でも相手を心配しての言葉だとわかる。

両親のいないノエルにはわからないが、親子とはえてして、そういうものなのかもしれない。

「そうして言い合ううちに、売り言葉に買い言葉というか……こちらの要望を認めてくれないのなら、ラギエ家と縁を切って平民として暮らすと、啖呵《たんか》を切ってしまった。で、父は、お前には無理だと返してきたんだ」

これでようやく、話の冒頭に帰結したわけだ。

「エド様は、『無理じゃない』と言い返したんですね」

無理だ、いや無理じゃない。親子が言い合っている姿が目に浮かぶ。エドゥアールもうなずいた。

「私には、平民になって質素な生活を送ることも覚悟していた。これは本当だ。贅沢三昧《ぜいたくざんまい》をしていた私にとっては、難しいことだとわかっている。それでも自分の想いを貫きたかった。父にそう言ったら、でもノエルはどうだかわからないと言うんだ。それを言われて私も怯《ひる》んでしまった。お前の気持ちを確認していなかったなと」

何やらまた、ノエルの名前が出てきた。どうしてここで自分の名前が出るのか、ノエルにはさっぱりわからない。

ノエルの気持ちとは、どういうことだろう。従者としての覚悟とか？

しかし、その疑問が解明されることはなく、エドゥアールはノエルの混乱を置いてけぼりにして話を先に進めた。

「そんな私に、父が一つ賭けをしようじゃないかと持ち掛けたんだ。私も乗った。きっとお前はついてきてくれると信じていた。今思うと、根拠のない自信だったかもしれないと反省している……」

やっと話の筋道が立ってきたのに、エドゥアールの内省が始まった。彼も酔っているのかもしれない。

酔っているといえば、ノエルも先ほどから、エドゥアールの顔が二重に見えるのだが。

「旦那様が提案した賭けというのが、今回の旅だったわけですね」

自分の声がどこか遠くに聞こえる。でも、声音は別だん酔った様子もなく、やけにハキハキしていた。

「そうだ。私とノエルの二人きり、限られた金と荷物だけで異国へ渡る。いちおう、親戚を除いて私自身が築いた伝手《つて》は使っていいという条件だったので、ジョルジーヌを頼ることにした。異国のワローネで、貴族の後ろ盾もなく、一から生活してみろと言われたんだ。平民になる覚悟があるなら、それくらいのことはできるだろうと」

なるほど、とノエルは思った。うまいやり方だ。

ラギエ侯は青臭い志《こころざし》を口にする息子に、不自由な体験をさせることで理想と現実を理解させようとしたのである。

「ノエルには一芝居打って、我が家が取り潰され、私は貴族の身分をはく奪された上、お尋ね者になったということにする。お前が私に愛想を尽かさず、最後まで共にいてくれるか。そして私が、異国の貧乏暮らしに音を上げずに半年過ごせたら、私たちのことを認めてくれるという話だった」

私たちのこと、というところでエドゥアールは、ノエルをちらりと見た。ノエルはその視線の意味がよくわからず、また別の部分に気を取られていた。

「たったの半年ですか」

ラギエ侯もずいぶん甘いなと思った。

「父は、その前に私が音を上げるだろうと言った。あるいはその前に、私とお前の関係がこじれるに違いないと。人は窮状にあると、明るさや思いやりを失いがちになる」

これも一理ある。以前、身分の釣り合わない女性と駆け落ちした貴族の息子が、貧乏暮らしに耐えかねて女性と別れ、実家に戻ってきたという話を聞いたことがある。

ジョルジーヌも身分違いのヤコブスと結婚したが、あちらは裕福な商家だ。それでもいろいろ苦労はあるだろう。

「でも、それでたった半年ですか。ずいぶんと舐《な》められたものですね。旦那様は、俺のエド様への想いを見くびっておられる」

ラギエ侯への敵愾心《てきがいしん》が頭をもたげ、ノエルは威勢よく言った。

ぐびっと葡萄酒を飲み干す。

「これもさんざん言いましたけど、最初に異国へ逃げる話を聞かされた時から、俺は覚悟をしていましたよ。覚悟だけじゃありません。ワローネに着いてからの身の振り方も考えていました」

「ノエル……」

それまで沈んでいたエドゥアールが、希望を見出《みいだ》したような感動の声を上げた。

「俺も働きますし、エド様にも働いてもらいます。たとえばエド様は、あちらの貴族の方に渡りをつけて、音楽や詩作を教えるのもいいかもしれません。エド様は、何だって玄人《くろうと》並みにできるんですから。俺はジョルジーヌ様経由で、ヤコブス商会のお手伝いに雇っていただけないかと考えていました。帳簿付けなんかも得意ですし」

「ああ。ああ、そうだ。ノエル、お前の言うとおりだよ。私もまさに、そういうことを考えていたんだ。金を作る手段は色々ある」

エドゥアールの表情は、ぱあっと明るくなった。喜びに目を潤ませるので、ノエルも嬉しくなった。

「そうでしょう。貧乏のつらさは俺が一番よくわかってます。それで心が荒むのも。独りぼっちになった時、エド様が俺を支えてくださったように、今度は俺が支えるつもりでいました。エド様が最初から働いてくれる気でいるなら、こんなに頼もしいことはありません」

「そうとも、ノエル」

向かいから手が伸びて、ノエルの手を強く握った。その手は熱く、深い声音は縋《すが》るように懸命だった。

惜しむらくは、美しいエドゥアールの顔が二重三重にぼやけて見えたことだ。もっとその顔を見たくて、ノエルは前のめりになった。

「エド様」

「ノエル……。私についてきてくれるか」

「もちろんです。半年と言わず、一年でも二年でも！　旦那様が認めてくださるまで、ワローネで二人一緒に暮らしましょう」

「ああ、ノエル。私の心臓《モン・クー》。……ありがとう」

チュッと音を立て、エドゥアールはノエルの手の甲に口づけした。それも何度も。くすぐったいし、ドキドキする。「もう」と、ノエルは笑いながら手を引っ込めた。

「それも、もういいですよ」

ぼやけた視界の中で、二重に見えるエドゥアールが「え？」と顔を上げた。

「事情はわかりましたから、恋人ごっこも終わりでいいでしょう」

「ごっこ……え？」

エドゥアールから喜色が消え、戸惑ったようになった。

「この不肖ノエル、従者としてどこまでもエド様にお仕えし、お支えしますよ。半年と言わず、一年でも二年でも十年でも——どんとこーい！」

気が大きくなって声を張り上げると、目の前の男がビクッと揺れた。

「あ、その……あ……そうか。こういうことは、はっきり言わないといけないな。肝心なことを打ち明けていなかった」

エドゥアールが小さな声で、何やらごちゃごちゃ言っている。

「ごっこ、ではない。現実にしようと思っていた。私は、私にとって大切なものは何か、最も愛する者が誰なのか、ジョルジーヌに言われた時、気がついたんだ。私が片時も離したくないもの、それは……それは……ノエル、聞いているか？」

いつの間にか、まぶたが閉じていた。呼びかけられて、ぱかっと目を開ける。

「え？」

「眠いのか。すまないが、もうちょっと話を聞いてくれると……」

「聞いてますよ」

ほとんど反射的に、ノエルは答えていた。嘘だった。エドゥアールが喋《しゃべ》っているのはわかっていたが、途中から意識を失ってほとんど聞いていなかった。

「眠ってません。ちゃんと聞いてますよ。さあ、続きをどうぞ！」

起きていることを示すために、勢いよく言ったのだが、返ってきたのは疲れたようなため息だった。

「いや、続きは明日にしよう。今日は休もうか」

「ちゃんと聞いてますってば。それに、肝心なことを聞いてませんでした。エド様が一生結婚しないことと、俺とエド様が一緒に異国で暮らすこと、この二つは、どう関係しているんです？」

またため息が聞こえた。今度は長いため息だった。

それからどうなったのか、ノエルは覚えていない。


言い知れぬ気分の悪さに目が覚めた。

口の中がカラカラに乾いている。寝返りを打った時、頭が痛くて酒臭かった。

だるくて起きたくない。でも喉が渇いた。水が飲みたい。

だるさより喉の渇きが勝って、ノエルは呻きながら身を起こす。

辺りを見回し、自分がどこにいるのか理解するのにわずかな時間を要した。

宿の寝室だった。そう理解した途端、昨夜の出来事が脳裏に次々とよみがえる。

雑木林で野盗に襲われた。

そしてエドゥアールから、ラギエ家取り潰しはすべて嘘だったと打ち明けられた。

ノエルは嘘をつかれたことに怒り、素面では話を聞いていられないと葡萄酒を飲んで……飲みすぎたらしい。

隣の居室で話をしていたことは覚えているが、途中から記憶が曖昧《あいまい》だ。いつの間に、寝室に移動したのだろう。

そしてエドゥアールの姿も見当たらなかった。

寝台はノエルが眠っていたもの以外にもう一つあったが、そちらは使った跡がなく、綺麗に寝具が敷かれたままだった。

寝台の横にある小箪笥《こだんす》の上に、コップと水差しを見つけ、ノエルはその水を飲んだ。身体に冷たい水が染み渡り、最悪の気分がいくらかましになる。動くと頭がズキズキしたが、我慢して寝台を下りた。

窓から外を覗くと、日は高く昇っていた。昼くらいだろうか。隣の居室に移動したが、ここにもエドゥアールはいない。

テーブルにずらりと並べておいた葡萄酒も、二人分のグラスも、どこかへ消えていた。

（もしかして俺、酔っぱらって何かしでかしたとか？）

エドゥアールのため息と、「ノエル……」という絶望したようなつぶやきが耳の奥に蘇《よみがえ》る。

昨日の自分は酔っぱらっていた。何をしたのか記憶は定かでないが、気が大きくなっていたのは覚えている。やらかしたかもしれない。

どうしよう、とオロオロしていた時だった。居室から廊下に繋がるドアがガチャリと開いて、エドゥアールが中に入ってきた。

昨晩はガウン一枚だったが、もちろん今はきちんと服を着ている。旅で着ていた簡素なものではなく、フリルのついた絹のシャツに、刺繍《ししゅう》を施した上等な上着とズボンである。

どこかに出かけていたのだろうか。

彼は、そこにノエルがいるとは思っていなかったようだ。驚いて立ち止まり、それからためらいがちに微笑を浮かべる。

「起きたか？　おはよう。といっても、もう昼だが」

その微笑みがよそよそしく見え、ノエルはうろたえた。やはり、自分は何かしでかしたらしい。

「も、申し訳ありません、エド様。俺、昨日はすごく酔っぱらって……もしかして、何かとんでもないことをしでかしたんじゃないでしょうか」

美しい切れ長の目が、軽く見開かれた。続いて柔らかな笑顔を見せたが、それは先ほどのような、ためらいがちなものではなかった。

「いいや。さほどしでかしてはいない。少なくとも、お前が怯えるようなことは」

意味深なことを言い、クスッと笑う。いつものエドゥアールだ。

さほどのことではないが、でも何かやらかしたらしい。少しも安心できず、重ねて質問しようとした。けれどそれより早く、エドゥアールがノエルの肩を押し、テーブルに座るよう促した。

「管《くだ》を巻いた酔っ払いが、昨日の話をどこまで覚えているのか聞きたいところだが。気分は悪くないか？　そこに座って。食欲がないなら、スープでも持ってこさせよう。昨日の話とは別に、お前に話したいことがあるんだ」

ノエルは言われるまま、昨日と同じ椅子に腰を下ろした。

エドゥアールは居室の飾り棚から、寝室にあったのとは別の水差しを持ってきて、ノエルに水をくれた。

まだ喉が渇いていたので、助かった。コップの水を飲み干すと、エドゥアールがまた水差しから水を注いでくれる。

「気分はどうだ。食欲はあるか？　……そう、よかった。では昼食にしよう。私もまだ、今日は食事をしていないんだ」

言いながら、さらにノエルのコップに水を注ぎ足し、呼び鈴を鳴らす。

間もなく部屋係がやってくると、エドゥアールは部屋に昼食を運ぶように頼んだ。

「この子は胃の調子があまりよくないんだ。あっさりしたものがいいな」

部屋係が去ると、今度は衣装棚からノエルの着替えを出してくれた。これでは、どちらが従者だかわからない。

そういえば、自分はまだ従者なのだった。

「ありがとうございます、エド様。自分でやれます。俺は従者なんですから。……そうなんですよね？」

記憶を頼りに尋ねる。

「エド様はラギエ侯の嫡男で、正式に跡継ぎになられるんですよね。そこら辺までは覚えてます。あと、俺と一緒に貧乏暮らしを味わって耐えられるか、みたいな賭けをしたとか。……間違ってますか」

エドゥアールが途中で、「フッ」と哀愁を帯びた笑いを漏らしたので、ノエルは自分の記憶違いだろうかと思い直した。しかしエドゥアールは、やはり愁《うれ》いをたたえた表情で静かにかぶりを振る。

「いや、間違っていない。私も、お前がどこまで覚えているのか、やっぱり通じていなかったことを理解した」

「さあ、その話は後だ。昨夜《さくや》しようと思ってできなかった話がある。私のあひるちゃん《モン・カナール》、そこに座りなさい。二人の立場は対等なままだ。お前が従者なら、私は愛の奴隷《どれい》さ」

「通じていない？」

何かまた、意味のわからないことを言い出した。

その恋人ごっこもまだ続けるのかと問いたかったが、寝間着を着替えるように言われ、ノエルは着替えを持って寝室に引っ込んだ。

居室に戻るとちょうど、部屋係ができたての料理を運んできたところだった。

ふんわりとバターの香るペイストリーやスープ、それにエドゥアールが頼んだからだろう、粥が食卓に並んだ。これに、たっぷりお茶の入ったポットが添えられる。

部屋係を帰すと、エドゥアールがカップにお茶を注ぎ、皿にペイストリーを取り分けてくれた。香ばしいパイ生地の中に、肉汁たっぷりのひき肉と青菜、チーズが詰まっているのを見て、ぐうっと腹の虫が鳴る。

温かいお茶を飲むと胃もすっきりして、ノエルはペイストリーを頬張《ほおば》った。じゅわっと肉の旨味《うまみ》とチーズのまろやかさ、それに青菜の苦みが微《かす》かに効いている。

「このペイストリーは絶品ですね」

美味しい料理を味わってから、ふと思い出した。

「そういえば、これから旅はどうするんでしたっけ」

旅に出た理由は聞いたが、その後のことは話しただろうか。よく覚えていない。

ラギエ家取り潰しの話は嘘で、騙されていたと聞いた時には怒りが湧いたが、今はそれほど怒る気持ちはなかった。

（いや、まだ許したわけじゃないけど）

ジョルジーヌの件だって、まだ根に持っているのだ。今回のことも、別に許したわけではない。自分自身をそう戒《いまし》めたところで、エドゥアールが「そのことだが」と口を開いた。

「旅は中止になると思う。何も知らないお前がついてきてくれるかどうか、というのも試練の一つだったからな。理由を打ち明けてしまったら、賭けにならない。お前は半年くらい耐えるだろうし」

では、どうするのだろう。領地に戻り、エドゥアールはラギエ侯が勧めるまま再婚するのだろうか。

そう考えて、胸がチクチクした。いつかエドゥアールが再婚することは覚悟していたが、この流れのまま結婚したら、エドゥアールも相手も不幸になりそうだ。

「賭けの件は、もう少し落ち着いてから考えよう」

ノエルの沈んだ顔を見て、エドゥアールが慰めるような口調で言った。

「それより気がかりなのが、昨夜の野盗の件だ」

「昨日の今日だから、まだ捕まってないんですよね」

エドゥアールが手傷を負わせたが、警備隊が到着する前に逃げられてしまった。まだ彼らがうろついているかと思うと、戻るのも進むのも物騒だ。

しかし、エドゥアールの懸念はそういうことではないようだった。

「昨日の賊は、ただの野盗ではないかもしれない」

いつになく深刻な顔で言われて、びっくりした。

「ただの野盗ではない？　どういうことでしょう」

エドゥアールはお茶を一口飲み、「話したかったのは、このことなんだ」と前置きした。

「襲われた時から違和感があった。こんな町の近くに野盗が現れるのかと思ったんだ。先ほど警備隊の詰め所まで行って警備隊長と話をしたんだが、彼も不思議がっていたよ。こんな間近で野盗が現れるのは、初めてのことだと」

ノエルが起きる前、エドゥアールは警備隊に行き、野盗の捜査状況を聞いていたらしい。

「そもそも野盗というのは、もっと辺鄙《へんぴ》な場所に出るらしいんだ。山中を根城《ねじろ》にしていたり、あるいは貧しい田舎の村人が野盗に変じるものだという。この辺の農家はわりと豊かで、犯罪に手を染める必要もない。ちょっと行けば警備隊がいるから治安もいいんだ。わざわざ危険をおかして、こんなところで旅人を襲う理由がない」

そう言われれば確かにおかしい。ノエルはただ野盗に襲われてビクビクしていたから、違和感など覚える暇もなかった。

「装備も、野盗にしては良かった。野盗が乗っていた馬を警備隊が検分したが、栄養状態もよくて、きちんと世話をされていたそうだ」

馬を飼うのは金がかかる。物盗りがいちいち高価な馬に乗って旅人を追いかける、というのもおかしな話だ。それより、雑木林で待ち伏せしていた方が手っ取り早い。

「ではあの賊は、何者なのでしょう」

「何者かはまだわからないが、我々を……私を狙った可能性がある」

「エド様だとわかっていて襲ったというんですか」

いったい相手は誰だろう。ラギエ家は有力な貴族だけに敵も多い。その子息を狙うのもわかるが、なぜ今なのか。

そこまで考えて、ふとある人物の顔が頭に浮かんだ。

「……奥様？」

つぶやくと、エドゥアールがうなずいた。

「一番に思い当たるのがあの女だな。このひと月の間に、父が離婚の話を彼女にしたのかもしれない。昨夜、父に手紙を出したのは、野盗に襲われた報告と、離婚話がどこまで進んでいるか問い合わせるためだ」

バルバラのことだから、ラギエ侯に離婚を切り出されて素直に応じるとも思えない。莫大な慰謝料を請求するか、それが無理だとわかったら、ノエルが想像できないような荒業に出ることはじゅうぶん考えられる。

「私も正直、何がどうなっているのかわからない。ただ今の時期、この場所にいる我々を襲うとしたら、バルバラくらいだろう」

今、エドゥアールがオルダニーに向かうことを知っているのは、ラギエ侯を除けば、領地屋敷の人たちだけだ。

旅の話は突発的で、従者のノエルすら知らなかった。

「領地屋敷から奥様がおられる別荘地まで、日帰りの距離ですもんね」

屋敷の使用人の中に、バルバラの息のかかった者がいれば、エドゥアールの旅の予定をバルバラが即座に知ることができる。

どんな馬車に乗っているか、途中からノエルと二人きりの旅だということも。

もちろん、バルバラが自ら襲撃におもむくはずがないから、使いの者をやって襲撃犯に指示を出したのだろう。

その使いが、ノエルたちの先回りをするのも簡単だった。

エドゥアールとノエルの旅の移動は、一頭立ての馬車ということもあって、さほど速いものではなかった。

旅程が一日早ければ、途中の橋もまだ崩落しておらず、真っすぐ東に進めたはずだ。

迂回したノエルたちより、うんと早くこの町に着ける。あるいは、この先のオルダニーまで行っても、まだ時間に余裕がある。

「正直、バルバラがそこまで人を動かせるとは思えないんだがな。あの女の後ろに、誰かついているのかもしれない。別荘地では、あまりガラのよくない年下の男と、よろしくやっていたようだし。離婚の原因になった投機も、その男が持ちかけたものらしい」

姉弟ともども投機に失敗したが、失敗を埋めようと懲りずに投機を重ね、とうとうラギエ侯に無断で別荘地の屋敷まで担保に入れて借金をしていたのだとか。

「最低ですね」

ノエルは思わず顔をしかめた。エドゥアールも同じような顔をする。

「だから父も、さっさと離婚しておけばよかったんだ。一度、懐《ふところ》に入れた人間を切り捨てられないのが、あの人の甘さだな」

父に対してはいつも、なかなかに辛辣《しんらつ》なエドゥアールである。愛情ゆえに、じれったい気持ちもあるのだろう。

「先ほど警備隊に赴いた帰り、オルダニーの伯父に昨夜の野盗に関する捜査依頼の手紙を出しておいた。領地屋敷の家令にも使いをやったから、追っ付け護衛が派遣されてくるだろう。それまでしばらく、この宿でのんびりしていよう」

昨日の賊がただの野盗ではなく、エドゥアールを狙ったものなら、そして犯人がバルバラだとしたら、まだ襲撃される危険がある。

旅をやめて領地に戻るにしても、護衛が来るまで待った方がいいだろう。

この宿は警備隊からも近く、町の中ほどにあって治安もいい。とうぶんはここに滞在し、旅の疲れを取るのがいいかもしれない。

「俺が寝こけている間に……申し訳ありません」

主人の命《めい》で使いをやるのも、手紙を出すのも従者の仕事だ。酒を飲んで昼まで寝て、ぜんぶエドゥアールにさせてしまった。

ノエルが申し訳なく思い頭を下げると、エドゥアールは複雑そうな顔をして「いや、いいんだ」と答えた。

「それと、これをお前に渡しておく」

それから、どこか気まずげな顔で言う。上着の内ポケットから何かを取り出し、テーブルの上に置いた。ノエルはそれを覗き込み、声を上げた。

「あっ、手形」

エドゥアールの個人資産を預けた、銀行の手形だった。一度はノエルが持ち出そうとして、屋敷に置いてきたと言われたのだ。

「これがあったら、庶民の暮らしにはならないからな。置いていこうと思ったんだが、何かの時のために持っておいたほうがいいと、家令に言われて持ってきた。行くにしても戻るにしても、これで路銀の心配はないはずだ」

確かに、宿代がいくらになるか、計算して青ざめる必要はなくなった。しかし、ノエルの心にまた、モヤモヤと憤りが込み上げる。

「林檎を買うのだって、ヒヤヒヤしていたのにっ」

エドゥアールに騙されていた。一度ならず、二度までも。その事実を思い出してしまった。

「エド様にずっとついていくつもりでしたし、一生お支えするつもりでした。でも今回のことで、ちょっと自信がなくなりました」

ノエルが棘《とげ》のある口調で言うと、エドゥアールはたちまち青ざめた。

「ノ、ノエル。私が悪かった。だが、こうするしかなかったんだ」

情けない声で言いわけをする。ノエルはそれを無視して、テーブルの食事を平らげた。

「しばらくは、この宿に滞在するんですよね？　俺はその間に、今後の身の振り方を考えさせていただこうと思います。帰りの旅路は、エド様お一人になるかもしれませんが、悪《あ》しからず」

食べるだけ食べ、言うだけ言って席を立つ。

「そんな。ノエル」

後ろから泣くような声で呼び止められたが、ノエルは「馬の様子を見てきます」と、すげなく言い置いて部屋を出た。

部屋を出て、宿の厩舎《きゅうしゃ》に預けた馬の様子を見に行った。

馬はよく手入れしてもらっているようで、機嫌が良かった。続いて馬車停めへ行き、馬車に残しておいた荷物を点検した。

行李などは部屋に運んだが、帆布などはそのままだったのだ。

「あ、そうだ。林檎ももう、いらないかな」

かぼちゃの余りは昨日、宿の厨房に渡したけれど、荷台に積んだ箱には、まだ林檎が山盛りになって残っている。ワローネまでの道中に役立つと感心していたのだけど、今となっては腹立たしいばかりだ。

林檎を二つ三つ取り、一つは自分で齧《かじ》った。厩舎に引き返して、自分の馬にやることにする。積み荷にあった短剣で小さく切って与えると、馬は喜んでおやつを食べた。

「お前もよく頑張ったよ。エド様の道楽に付き合ってさ」

馬に向かって愚痴《ぐち》をこぼす。そこでふと、エドゥアールから肝心な話を聞かずじまいだったことを思い出した。

なぜ今回の旅に、ノエルを巻き込んだのだろう。

贅沢に慣れた放蕩《ほうとう》息子に庶民の暮らしを体験させると言うなら、ノエルは置いていったほうがいいはずだ。

自慢ではないが、自分はわりと生活力がある方だと思っている。へこたれない性格だし、幼い頃は庶民どころか貧しい暮らしをしていた。貧乏に耐性がある。

「旦那様の情けとか？　さすがにエド様一人じゃ、不安しかないもんな。お前もそう思うだろ。放っておいたら、余計な買い物ばっかりするし」

怒りに任せてブツブツつぶやいたものの、エドゥアールが言うほど頼りない人だとは、ノエルも思っていなかった。

生活力もなさそうであるし、野営だってできる。縄の結び方や天幕の張り方なんて、ノエルは知らなかった。

ノエルが馬車の中で呑気《のんき》に居眠りしている間、冷たい雨でびしょ濡れになりながらも、黙って馬車を走らせていた。

おかげで風邪をひきかけたのに、ノエルを責めることもない。愚痴一つこぼさなかった。

「……ずるいよ」

もっと横暴に振り回してくれたら、愛想を尽かすこともできた。おかげで、二度も嘘をつかれて傷ついているのに、彼から離れることをまだ躊躇《ちゅうちょ》している。

せめて、恋心だけでも捨ててしまいたい。

エドゥアールのそばにいるのは、ただの仕事だと割り切りたい。再婚の話が出るたび、ひやっとするのをやめたい。

「……っ」

涙が溢れて、慌てて目を擦《こす》った。馬が心配そうに覗き込むから、「大丈夫だよ」と笑って鼻面《はなづら》を撫でた。

「ノエル！」

その時、不意に声がした。厩舎の入り口から当のエドゥアールがひょいと顔を出したので、びっくりして飛びあがりそうになる。

「なかなか戻ってこないから、心配になったんだ。……泣いていたのか」

ノエルを探しに来たらしい。足早に厩舎に入ってくると、ノエルの顔を見て息を呑んだ。

「なんでもありません」

「私のせいか。いや、そうだな」

大袈裟に悲痛な顔をするので、苛立ってしまった。

「泣いてませんたら」

目をゴシゴシ擦り、そっぽを向く。馬が林檎を食べ終わったので、エドゥアールの脇をすり抜け厩舎を出た。

「ノエル、聞いてくれ。昨夜、お前に言い損ねたことがある」

エドゥアールが追いかけてくる。ノエルは早足を通り越し、小走りになりながら逃げた。

「知りません」

エドゥアールの言い訳なんて、聞きたいけど聞きたくない。どうせまた退屈しのぎとか、そういうたぐいのことなのだ。

ノエルはもう、自分の都合のいいように期待をして、絶望するのが嫌だった。

懲りずに、エドゥアールも自分を想ってくれてるかも……なんて馬鹿な希望を持つ自身にも苛立ちを覚える。

「頼む、ノエル。私の天使《モナンジュ》」

小走りになるノエルの後ろから、大股のエドゥアールが追いかける。

途中、宿の従業員やら客の使用人やらがいて、物珍しそうに通り過ぎる二人を見た。

「それももう、やめてください」

甘ったるい呼びかけに、さらなる怒りがこみ上げ、ノエルはその場に立ち止まった。振り返って叫ぶ。

「恋人ごっこはもうたくさんだ。もう、終わりです！」

エドゥアールの傷ついた顔が目に飛び込んできたけれど、自分のほうがもっと悲しいのにと、ノエルは思った。

その日の夕食は、ひどく気まずいものになった。

夕方まではノエルも、旅荷をほどいて衣装棚にしまったり、夕食や風呂の予定を部屋係に頼んだり、他にも従者らしく細々《こまごま》と働いて時間をやり過ごした。

エドゥアールは厩舎から部屋に戻ってしばらく、ノエルに話しかけたり、ご機嫌を取ろうと必死だったが、ノエルが知らんぷりを続けていたらやがて、しょんぼり肩を落として黙り込んだ。

それから何を思ったのか、行李からペンと紙を出してきて、寝室のテーブルで一心不乱に書き物をしている。

ノエルが覗こうとしたら、慌てて隠されてしまった。それでノエルはまた、へそを曲げた。

部屋が暗くなってきて、プリプリしながら灯りをつけたけれど、エドゥアールは暗くなっているのも気づいていないようだった。

ただひたすら、紙に向かってペンを走らせていた。

夕方、夕食が部屋に運ばれてきて、ノエルは寝室にいる主人に声をかけた。エドゥアールはそこでようやく、時が経っているのに気づいたらしい。

「久しぶりに没頭してしまった」

苦笑いをしながら、テーブルにあった紙とペンを片付ける。ノエルが手伝おうとしたが、やっぱり隠されてしまった。

「何を書いてらしたんですか」

料理が並べられた居室のテーブルで、ノエルが尋ねる。相手を許したわけではないが、黙っているのも気詰まりなのだ。

「今は秘密だ。出来上がったら教えるよ」

なのに、そんな答えが返ってくる。やんわり拒絶されたようで腹立たしかった。

「それでしたら結構です。出来上がる頃にはお暇《ひま》をいただいているかもしれませんし。教えるっていう話も、嘘かもしれませんしね」

エドゥアール様が黙って目を伏せたので、ノエルはイライラし、さらに付け加えた。

「エドゥアール様は、嘘がお得意でいらっしゃいますから」

向かいから、「すまない」という力のないつぶやきが聞こえた。ノエルは、泣きたいのか怒りたいのかわからなくなる。

ノエルのこんな嫌味を、どうしてエドゥアールは許すのだろう。従者が失礼な口をきいたのだから、怒ればいいのだ。

嘘の一つや二つでつべこべ言うな、黙って従えと言えばいい。

他の貴族ならそうする。もっと理不尽に従者を振り回し、謝ったりご機嫌を取ることなんてしない。主人と従者は、何をどう言ったって対等ではないのだから。

なのにどうしてエドゥアールは、ノエルを家族や恋人のように扱うのだろう。

もしかしたら……と、これまでに幾度も裏切られてきた期待が頭をもたげる。馬鹿な期待だとわかっているのに、優しくされるたび、懲りずに同じ夢を見てしまう。もう夢なんて見たくないのに。

なんだか自分がとんでもなく馬鹿な人間に思えてきて、ほとほと嫌になった。エドゥアールに当たり散らす自分も嫌いだ。

ノエルは一通り食事を終えると、まだ途中のエドゥアールを残して席を立った。

「ど、どうしたんだ。手水《ちょうず》か？」

それだけでエドゥアールは、オロオロしてノエルを見る。残酷な言葉が口を突いて出そうになり、ぐっと唇を噛みしめた。

この場にいたくない。少しの間だけでもいい、エドゥアールと離れて一人で考えたい。

これからの身の振り方についても、考えなくてはならなかった。

お暇をもらうかもしれない、というのは勢いで言った言葉だけど、もういっそ本当にしてしまおうか、という自棄《やけ》っぱちな気持ちもあった。一時の感情に任せるのではなく、落ち着いて考えなくては。

「馬車の荷台に、林檎を積みっぱなしなのを思い出しました。旅を終えるならもう、あんなに大量の林檎は必要ないですよね。厩舎の馬たちにおすそ分けしようと思うのですが、いか

「が、でしょうか」

「あ、ああ。それはいい考えだな」

「ありがとうございます、ご主人様」

ノエルはわざと慇懃《いんぎん》にお辞儀をした。もちろん、嫌味だ。おどおどしているエドゥアールを見ると、感情的になるのを制御できない。

エドゥアールは傷ついた顔でまた、目を伏せた。

「行ってきます」

悲しげな美貌から視線を剝《は》がし、ノエルは部屋を出る。

階下に降り、廊下にいた部屋係にはエドゥアールのために、新しいお茶を運ぶよう頼んで、厩舎へ向かった。

馬丁に林檎のおすそ分けの話をしようと思ったのだ。ついでに、馬車に積んである林檎を運んでもらうつもりだった。

けれど、今日はもう仕事を終えてしまったのか、厩舎に人の姿はなかった。

仕方なく厩舎を出る。馬車の方へ向かおうとした時、「あの」と呼び止められた。

振り返ると、見知らぬ中年の男が立っていた。

「もしかしてあなた様は、ラギエ様の従者の方でしょうか」

使用人風の、腰の低い男だった。宿の部屋係と同じ帽子をかぶっていたので、彼も宿の従業員なのだろうと思い、ノエルはうなずいた。

「何かお探しのようですが、いかがされましたか」

揉《も》み手をせんばかりに近づいてくる。宿の他の従業員たちは、行儀はいいが過剰な愛想を振りまくことはなかったので、珍しいなと思った。

「道中で買った林檎が余っているので、こちらの宿で使ってもらえないかと思ったんです」

ノエルはわけを話した。男は「ほう林檎を」「なるほど、それはありがたいです」と、相槌を打つ。

馬車に積んだままなのだと言うと、男の目がきらりと光ったような気がした。

「では、私がさっそくお運びしましょう。どちらの馬車でしょうか」

ノエルは男と一緒に、馬車停めへ向かった。

客や宿の馬車を停めておく馬車停めは、厩舎のすぐ隣にある。表玄関の客を迎えるための馬車停めとは、また別のものだ。

裏門に面しているから、業者の荷馬車などはこちらから出入りするのだろう。

昼間、ノエルが来た時には閉まっていたその裏門が、今は開いていた。馬を繋いだ粗末な馬車が一台、門の近くに停まっている。

それも業者が使う荷馬車ではなく、辻《つじ》馬車に使われるような、客席が付いた幌《ほろ》馬車である。

こんな裏口から入ってくる客がいるのかと不思議に思いつつ、ノエルは馬車停めの広場を横切った。

「あの、あそこの左から二番目の馬車が……」

うちの車です。そう言おうとして、後ろについてくる男を振り返った。

すぐ目の前に、麻袋の口を広げた男の手があった。

「えっ」

と、声を上げた時には、視界は真っ暗になっていた。頭に袋を被《かぶ》せられたらしいと、数秒もがいて気づく。

「何ですかこれ。物盗り？　だっ、誰かぁ！」

「静かにしろ。声を立てたらぶっ殺すぞ」

真横で男の声がした。先ほどの愛想のいい猫なで声とは打って変わって、凄《すご》みを利かせた低い声だった。

硬くて尖《とが》ったものが腹に突き付けられ、押し黙るしかなかった。

袋を被せられて視界が利かない中、小突かれながら馬車に乗せられる。裏門に停まっていた馬車だろう。

こうしてノエルは、見知らぬ男に誘拐されてしまったのだった。

ノエルと誘拐犯を乗せた馬車は、街中らしき道を進んだ後、しばらくしてどこかに停まった。

「大人しくしてろよ」

降りる時も麻袋を被せられたまま、屋内に連れていかれた。中に入ってから、両手を後ろ手に縛られ、椅子に座らされた。

周りは静かだった。宿を出てそれほど時間は経っていないから、まだ町の中だろう。

ノエルのいる屋内には、ノエルを誘拐した男の他に、あと四人はいるようだった。

一人は誘拐犯と一緒に入ってきたから、たぶんここまで馬車を運転していた人物だ。あとの三人はもともとこの場所にいて、ノエルたちを迎えた。

屋内にいる犯人は五人。まだ外にもいるのだろうか。

「坊主だけか。若様はいつ来るんだ？」

「さあな。今夜中には来るだろうさ」

「ちゃんと来るんだろうな。こいつはただの従者だろう」

「いや、ただの従者じゃない。愛人だってよ」

男たちのそんな会話が聞こえてきて、自分が誘拐された理由を理解した。

ノエルは、エドゥアールをおびき寄せるためにさらわれたのだ。平和な町で、物騒な事件が二日連続で起こるとは考えにくいから、たぶんエドゥアールの推測は当たっていたのだ。

昨日の賊はやはり、エドゥアールを狙ったものだった。あの場では失敗したから、今度は宿の従業員に扮《ふん》してノエルをさらった。

「愛人？　まだガキじゃねえか」

とっくに成人してます！　と、言い返そうとして口を開いたが、粗い麻袋の布地が口の中に入ってきたのでやめた。

「貴族だから、変態なんだろ。マチューの話じゃ、昼間も厩舎で痴話《ちわ》喧嘩してたらしいから、愛人て話は本当だぜ」

「おい、名前を出すな」

「いいだろ、別に。どうせこいつは……」

気になるところで、男の声が尻すぼみに小さくなった。どうせ、どうなると言うのだろう。エドゥアールをおびき出して、二人ともただで済むはずがない。たぶん、二人揃《そろ》って殺すつもりだ。

「愛人なら、捨てておくかもしれないだろ。ちゃんと報酬はもらえるんだろうな」

「だから知らねえよ。マチューに言ってくれ」

「名前を出すなって。それより誰か、見張りに立てよ」

「お前が立てばいいだろ」

その会話を聞いて、どうやら仲間は五人だけらしいとわかった。

わかりはしたが、それだけではどうにもならない。何とかしてこの場から逃げなければ、エドゥアールが殺されてしまう。

彼は絶対にノエルを見放したりはしないだろう。相手がノエルでなくても、自分の従者や使用人を見殺しにはしない。

彼はそういう人だ。だからノエルは、エドゥアールを嫌いになれない。

嘘をつかれても、期待を何度も裏切られても、彼のそばにいたいと思ってしまう。

（従者を辞めるなんて、本気じゃなかった）

エドゥアールには、お暇をいただくかも、なんて言っていたけれど、自分でもちらっと辞職を考えたりはしたけれど、本当の本気ではなかった。

だってたぶん、ノエルはエドゥアールから離れることなんてできない。

もうお前はいらないと言われたって、きっと縋りついてそばに居させてくださいと言うだろう。

ノエルはエドゥアールが好きだから。

どんなに嫌いになろうとしても、恋心を諦めようとしても、叶わなかった。

（エド様……）

愛するエドゥアールが、自分のために殺されるなんて嫌だ。

しかも、黒幕が本当にバルバラだったりしたら、腹立たしすぎてこっちだって死んでも死にきれない。

何とか逃げなくては。そう思ってもがいたが、近くにいた誰かに「大人しくしろっ」と怒鳴られ、蹴《け》り飛ばされた。

「妙な気を起こしやがったら承知しねえぞ。今ここでぶっ殺してやろうか。ああ？」

「いいからほっとけ。見張りに行けよ」

「俺に指図すんじゃねえ」

気の短い男と、それにうんざりしているらしい男の声が混じる。その時、別の誰かが「おい」と、緊迫した声を上げた。

「馬の蹄《ひづめ》の音だ。誰か来たぞ」

「若様か？　早いじゃねえか」

緩んでいた空気が一変する。馬のいななきがノエルの耳にも届いた頃、建物の外で、声が聞こえた。

「ノエル！　そこにいるのか！」

エドゥアールだった。

ノエルはまた、男たちに小突かれたり脅されたりしながら外に出た。麻袋を被ったままなので、周囲がどうなっているのかさっぱりわからない。

けれど、どうやら外に出てエドゥアールの前に姿を現した時、「ノエル！」と、呼びかける必死な声がして、ノエルはホッとした。

その声はやや下方から聞こえた。建物に入る時、木製の階段を四段ほど登り、ギシギシいう木の板の甲板を通った記憶がある。今、ノエルと男たちがいるのはその玄関前の甲板で、エドゥアールは階段の下にいるのだろう。

「あんたがラギエ家の若様か」

「いかにも、エドゥアール・ド・ラギエだ。私のノエルは無事だろうな？」

「へっ、この通りだよ」

ノエルは背中を小突かれ、一歩前に出た。

「それでは無事かどうかわからない。頭の袋を取ってくれ」

エドゥアールが言い、男たちが「どうする？」「言うとおりにしてやれ」と、ボソボソ言い合った後、ようやく麻袋が外された。

辺りはもう真っ暗だったが、闇に眼《め》が慣れていたのと、斜め前に立つ男が手持ちランプを提げていたので、眩《まぶ》しいくらいだった。

「ノエル！　怪我《けが》はないか」

月明かりの下にいるエドゥアールは、青ざめた顔をしていた。腰には剣を下げている。しかし、シャツとズボンだけで上着も羽織っておらず、彼が急いで馬を走らせてきたのだとわかった。

「エド様！　俺は大丈夫です。へまをして申し訳ありません」

「お前のせいではない。おい、目当ての私がこうしてきたんだ。その子は離してやってくれ」

言いながら、エドゥアールはこちらに一歩足を踏み出す。ランプを持った男が「動くな」と、鋭い声を上げた。

「まだだ。若様、あんた剣の腕が立つそうじゃねえか。おかげで昨日は、仲間がさんざんな目に遭ったぜ。その腰にある剣を、地面に置きな」

エドゥアールが素直に剣を腰から外そうとするので、ノエルは思わず「駄目です！」と、叫んでしまった。

「こいつら、俺も殺すつもりなんです。言うことを聞いちゃいけません」

「うるせえ」

脇にいた男に、顔を殴られた。何とか倒れず踏みとどまったが、すごく痛い。エドゥアールから「やめろ！」と悲痛な声が上がった。

「やめろ。その子には何もするな」

「だめです、エド様。今すぐ逃げてください！　俺のことはいいから！」

ノエルが叫び、脇の男がまた拳を振り上げたが、エドゥアールの怒ったような声が、その動きを止めた。

「いいはずないだろう！　お前を置いて逃げられるか！」

言うなり、エドゥアールは剣を鞘《さや》から抜き、前方に放り投げる。

「ほら、これでいいだろう。ノエルをこっちに寄越してくれ。私と交換だ」

「だめですってば。エド様のわからず屋。二人とも殺されちゃったら、元も子もないじゃないですか」

「私がお前を置いて逃げられるはずないだろう。それくらいなら、一緒に死んだ方がましだ」

あまりにも当然のように言われて、言葉に詰まった。そんなノエルを見て、エドゥアールはさらに言葉を重ねる。

「お前はただの従者じゃない。私はお前を愛してるんだ」

真剣な眼差《まなざ》しを射抜くように向けられたけれど、ノエルはすぐには信じられなかった。きっと、犯人たちを油断させるための嘘だ。

「敵を油断させるための方便じゃないぞ」

ノエルの内心を読んだように、すかさずエドゥアールが言う。

「ジョルジーヌに言われて、気づいたことがあると言っただろう。それがお前のことだ、ノエル。大切なもの、誰にも奪われたくないもの、一人占めしたいもの。自分に執着心なんてないと思っていたが、お前は誰にもやりたくないと思った。ずっと手元に置いて、大切にして、今よりもっといろいろな顔が見たい」

「エド様……」

ノエルはびっくりして、呆然《ぼうぜん》とした。目の前のエドゥアールに気がいってわからなかったが、周りの男たちはたぶん、呆気に取られていたのだろう。

誰もエドゥアールに口を挟む者はなかった。思わず人を黙らせる迫力が、淀みなく語るエドゥアールにはあった。

「静かな領地屋敷に引っ込んだのも、お前とゆっくり愛を育もうと思ったからだ。主人と従者としてではなく、伴侶としての関係を築こうと思った。お前はどうしたって、私を主人としてしか見てくれないからな」

「そんなことは……ありませんけど」

モゴモゴつぶやいてしまった。ノエルは、ずっと昔からエドゥアールが好きだった。

エドゥアールは、そういうノエルの表情を読んだように、薄《うっす》らと微笑む。

「お前が私を、憎からず思ってくれていることには気づいていた。でもそれは忠誠心が混ざったものかもしれない。お前は義理堅いからな。領地屋敷で伸び伸び暮らして、もっとお前の心が自由になった時に、求愛しようと思っていたんだ」

何とも気の長い話だ。しかし、エドゥアールの言わんとしていることも理解できた。

王都の屋敷にいた頃は、もっと心が窮屈だった。エドゥアールに対して、以前も言いたいことは言っていたつもりだが、従者としての領分は超えないように気をつけていた。

領地屋敷で暮らすようになって、ずいぶん伸び伸びしたと思う。昔の自分だったら、エドゥアールに嫌味を言ったり、当たり散らすことなんて言わなかった。

「そろそろ求愛しようかなと思っていたら、父がやってきたんだ。結婚しろと言うから、お前と添い遂げるからその気はないと答えた。で、今回の旅に至ったわけだ」

短い説明だが、ようやく腑《ふ》に落ちた。どうしてノエルが、騙し討ちのようなことをして、旅に連れてこられたのか。

ラギエ侯はエドゥアールの覚悟と同時に、ノエルの気持ちを試すつもりだったのではないだろうか。

ノエルがエドゥアールの想いに応えるかどうか。なおかつ、貴族ではなくなった男の恋人と、添い遂げる気持ちがあるか。

確かにこれをノエルに打ち明けてしまったら、賭けにならない。

「これが最後かもしれないから、私はお前に求愛するよ。ノエル、お前を愛している。私が執着するのはこの世でお前だけだ」

「エド様……」

まるで夢みたいだった。誘拐犯たちがそばにいて、後ろ手に縛られているのでなければ、今すぐエドゥアールの胸に飛び込みたかった。

「私は結婚しない。法律が変わって、男同士で結婚できるようになれば話は別だが。お前以外の伴侶はいらない。たとえ父からどう言われようと、何としてでも自分の意思を貫いてみせる。だからどうか私の恋人になってほしい。生涯を共にする恋人に」

じわっと滲《にじ》む涙を、ノエルはどうにか押し留《とど》めた。すごく嬉しいし感激しているけれど、視界は確保しておきたい。

「俺も……俺もです、エドゥアール様。エド様は、ジョルジーヌ様に言われて気づいたと仰《おっしゃ》ってましたけど、俺はもっと前から自分の気持ちに気づいていましたよ」

ノエルが笑って言うと、エドゥアールの美しい瞳が、大きく開かれる。

「最初は神様みたいに思っていました。あなたに救われて、恩義を感じているのも確かです。でもそれだけじゃありません。結ばれないのはわかっていながら、ずっとあなたをお慕いしていました」

エドゥアールの唇から、「おお、ノエル」と、感嘆の言葉が漏れた。

彼は感極まった表情を浮かべており、ふらりと足が進み出た。舞台役者のような大袈裟な仕草で、ノエルに手を差し伸べる。

「ノエル、私の愛しい人《モン・シェリ》。ではこれからは、ごっこ遊びなんかじゃない、真実の恋人ということだな。こんなに嬉しいことがあるだろうか。神に、運命に感謝を捧げたい。心の泉から

溢れる喜びを歌に託そう。ノエル、私の愛の歌を聞いてくれ。ラ〜♪ララ〜♪」

「やかましい！」

エドゥアールが歌い出して、誘拐犯の一人がとうとう声を上げた。

今まで黙って見守ってくれて、意外といい人たちだな、などとノエルは感心していたが、突然始まった「エドゥアール劇場」に毒気を抜かれていたらしい。

「勝手にベラベラ始めやがって。さっさとこっちに来い！」

「おお、愛を解さぬ無粋《ぶすい》な獣よ」

「うるせえ！」

男が激高した。途端、エドゥアールの身体が深く沈む。

美しい肢体が矢のような勢いで男たちに向かったのを見て、ノエルも動いた。

勢いをつけて上半身を前に倒し、足で右脇にいる男の顎を蹴り上げる。男はぐえっと声を上げ、後ろに倒れ込んだ。

ノエルはそのまま前転し、階段下まで転がって降りた。入れ違いにエドゥアールが階段を駆け上がる。

「あっ、この野郎！」

と、叫んだ男をエドゥアールが殴ったのだろう、背後で呻き声と同時に、どさりと重いものが床に落ちるのをノエルは聞いた。

そうした背後を振り返ることもせず、階段を降りるとすぐ、エドゥアールが落とした剣へ真っすぐ走る。エドゥアールが抜身で剣を落としてくれたので、ノエルは自分にかけられた縄を切ることができた。

両手が自由になると、剣を取って引き返す。エドゥアールが素手で男を殴り倒しているところだった。

犯人は五人。一人はノエルが蹴り倒したので、気を失って倒れている。エドゥアールが三人倒してくれたので、残りは一人。その一人の姿が見えない。

建物の入り口の扉が、開いたままだった。

「エド様、これを！　中にもう一人います！」

ノエルは剣をエドゥアールに差し出しながら叫んだ。エドゥアールが剣を受け取ったのと、扉の奥から男が飛び出したのは同時だった。

男はエドゥアールと同じ、長剣を手にしている。それとは別に、たった今エドゥアールが殴り倒した男が、再び起き上がるのが見えた。

ノエルは一瞬迷ったが、その間にエドゥアールが動いて長剣の男と切り結んだ。剣がぶつかりあう音がする。

「ノエル、そっちを頼む」

返事をする暇はなかった。ノエルは前へ跳躍し、立ち上がった男に飛び蹴りを食らわせた。

どうと仰向《あおむ》けに倒れた男の鎖骨にすかさず、踵を落とす。

痛みに叫んでじたばたする男を、さらに二、三度蹴飛ばして気絶させた。

その間に、エドゥアールは長剣の男を切り伏せ、武器を取り上げていた。痛い痛いと手を押さえて転がりまわっているから、命に関わる傷ではないだろう。

「やはり、素手ではノエルに敵《かな》わないな」

剣を鞘に納め、エドゥアールが苦笑する。ノエルは肩をすくめた。

「剣術の腕は、からっきしですけどね」

これも子供の頃から、エドゥアールがひととおりの武芸を習わせてくれたおかげだ。

「警備隊に連絡しないと」

「ここに来る前に、警備隊に伝達を頼んでおいた。もうすぐ到着するだろう。それより、ノエル。怪我をしてるじゃないか」

白い手がそっと伸びて、ノエルの頬に触れた。さっき犯人に殴られたところだ。

「軽く殴られただけです。そいつは今、鎖骨と顎と鼻の骨を折っておきましたから」

「おお、私の騎士《モン・シュバリエ》。しかし、怖い思いをしただろう。可哀《かわい》そうに」

逞しい腕が、ノエルを抱きしめる。ノエルはうっとりしてその胸に縋りついた。

「ちっとも。エド様が助けに来てくださると、信じていましたから。……あ、でも」

ふと思いついて、抱擁から抜け出す。

「さっきのあの芝居も、敵を油断させるための嘘だったりしますか？」

もしそうだったら……と、考えて悲しくなった。

エドゥアールは軽く息を呑み、痛ましそうな表情をする。静かにかぶりをふった。

「いいや、嘘じゃない。お前を騙してすまなかった。許してくれとは言わない。一生かけて償《つぐな》わせてくれ。私は本当にお前を愛しているんだ」

その言葉だけで、ノエルにはもうじゅうぶんだった。今までの苛立ちや悲しみも、するすると溶けていく。

ノエルはエドゥアールの胸に抱き付いた。もう遠慮しなくてもいいのだ。

「俺も、エド様を愛してます」

「ノエル」

感極まった声と共に、再び強く抱きしめられる。

「愛してる。私の宝物《モン・トレゾール》」

顎を取られ、口づけされた。柔らかな唇は、優しくノエルの唇をついばんだり、甘く舌先を噛んだりする。

長い口づけの合間に、足元で誘拐犯が低く呻くのが聞こえたので、二、三回蹴飛ばして黙らせておいた。

間もなくたくさんの蹄の音と、人の声が近づいてくる。

警備隊が駆けつけたのだった。


ノエルを誘拐した犯人たちは捕らえられ、その後の捜査で真相が明らかになった。

エドゥアールの推測通り、野盗はただの野盗ではなく、エドゥアールを狙ったものだった。

その襲撃が失敗したため、今度はノエルを誘拐してエドゥアールをおびき出し、殺害しようとしたのだという。

一連の実行犯は地回りのヤクザたちで、彼らに仕事を依頼したのは、ボネという自称投資家の男だった。

このボネという男、治安を預かる各領地の警備隊では有名らしい。

詳しい出自は不明だが、なかなかの二枚目で話術にも長《た》け、貴族や金持ちに取り入っては架空の投資に勧誘し、金を巻き上げていたというのである。

多くの被害が各地の警備隊に寄せられている一方、ボネを擁護する貴族たちのおかげで、なかなか尻尾《しっぽ》を摑むことができなかった。

「ボネは、ラギエ侯の妻にそそのかされたと証言しているそうだ。自分の罪を軽減するなら、証拠となる手紙を渡すと、警備隊に交渉を持ち掛けているらしい」

エドゥアールが葡萄酒のグラスを優雅に傾け、説明してくれた。その向かいに座るノエルも、手元のカップをくぴりと飲む。

ノエルが飲んでいるのは普通の葡萄酒ではなく、葡萄酒にスパイスと蜂蜜《はちみつ》、林檎を入れて煮込んだ飲み物である。火にかけて酒精をほとんど飛ばしているので、子供でも飲める。

これはこれで美味しいけど、普通の葡萄酒も飲みたいな、とノエルは考えていた。

夕飯を終えて風呂にも入って、今日はもう寝るだけである。葡萄酒はたっぷりあるし、事件も一段落した。

これでパーッと酒が飲めると思ったのに。

この葡萄酒はつい先ほど、警備隊から宿にいるエドゥアールとノエルに届けられたものだ。捜査に貢献してくれたお礼だそうで、樽《たる》で三つもくれた。

ノエルの誘拐事件から、三日が経った。

あの夜、誘拐犯たちはかけつけた警備隊に逮捕され、町の留置場に連れて行かれた。その夜のうちに尋問が始まり、犯人たちの口からボネの名前が挙がったという。

モルヴァン伯領の警備隊は、かねてからボネの居場所を把握し、警備隊内で情報を共有していたので、誘拐事件の翌日の昼にはもう、ボネは逮捕されていた。

ボネはモルヴァン伯領、オルダニーの貴族の館《やかた》に食客として滞在していたようである。

オルダニーの警備隊がボネを尋問し、ボネはバルバラにそそのかされたと供述した。今回の逮捕劇にエドゥアール・ド・ラギエが関わっていると知って、もう逃げきれないと思ったらしい。

べらべらと聞いていないことまで話し始めたそうで、じきに余罪も明らかになりそうだ。

そうした報告を綴《つづ》った手紙が、今朝、ラギエ領の警備隊からエドゥアール宛てに届いた。

「王都の父と、うちの領地の警備隊にも同様の報告書を送ったそうだから、バルバラやヤニックにもすぐ捜査の手が及ぶだろう」

「二人が投機に失敗したって言ってましたけど、あれにボネとやらが関わってたんですね」

温かい葡萄酒をまたくぴっと飲みながら、ノエルは言う。エドゥアールの手元にある、葡萄酒が満たされた壺《つぼ》をじっと見たが、素知らぬふりをされてしまった。

「バルバラがよろしくやっていた若い男、というのがボネのことだろうな。その辺りも捜査が進めば明らかになるだろう」

ノエルはホッとした。ならばこれでもう、エドゥアールが命を狙われる心配はないはずだ。

エドゥアールの異母弟たち、アンリとミシェルは気の毒だが、もともと母親とは交流が少なかったし、ラギエ侯とエドゥアールがこれからも二人に愛情を注ぐだろう。

「一件落着ですね」

つぶやいて、今度はちらりとエドゥアールを見る。エドゥアールは自分のグラスを見ていて、何を考えているのかわからない。

この三日、エドゥアールとはろくに話す時間もなかった。

何しろノエルもエドゥアールも連日、警備隊に呼ばれて、朝から晩まで事情聴取を受けていたのである。

警備隊は被害者のノエルたちを丁重に扱い、休憩の時にはお茶だのお菓子だのを出してもてなしてくれたが、慣れない事情聴取にへとへとになった。

宿に戻ったら、エドゥアールはまた一心不乱に書き物を始めた。

何を書いているのかと尋ねてみたが、やっぱり今は教えられないと言う。ノエルは事情聴取で疲れているのもあって、大人しく床《とこ》につくしかなかった。

しかし、その面倒な事情聴取も昨日終わった。誘拐犯たちはボネが留置されているオルダニーに移送され、そちらで裁判にかけられるようである。

エドゥアールは昨夜、事情聴取から戻った後、夜通し書き物を続けていて、今朝それが完成したと言った。

徹夜をしたのでちょっと眠ると言い、夕方近くまで眠っていた。

この三日、夜更かしをしてずっと書き続けていたから、寝不足だったのだろう。

エドゥアールが起きる頃に、オルダニーの警備隊から報告の手紙が届いた。夕食時に合わせたように、町の警備隊からは聴取のお礼だと酒樽が運ばれてきて、現在に至る。

エドゥアールはもらった三つの樽のうち、二つを宿におすそ分けした。従者が誘拐されて大騒ぎになり、宿にも迷惑をかけたからだ。

それは別にいい。二樽あげてもまだ、一樽残っている。今夜はたっぷり酒が飲めるぞと思ったのに、エドゥアールは厨房に言ってわざわざ、ノエルの分だけ葡萄酒をスパイスで煮込ませた。

「あの、温かいのも美味しいんですが。俺もそろそろ、冷えた葡萄酒を飲みたいなって思うんですけど」

視線だけでは気づいてもらえないようなので、言葉にしてみた。

「お前は飲みすぎるし、すぐ寝るからお預けだ」

「そんなあ」

情けない声を上げると、くすりと笑われた。

「葡萄酒はあとで好きなだけ飲ませるから、もう少し私に付き合ってくれ」

甘やかに微笑まれ、どきりとする。それから、そういえばこの人と恋人になったのだと思い出した。

この三日、会話もほとんどなく、甘い雰囲気にもならなかったから、あの話はどうなったのかと気になっていた。

エドゥアールはノエルを一生の恋人にする、結婚はしないと言った。

でも、ノエルに旅の真相を打ち明けてしまったから、ラギエ侯との賭けには負けたことになる。エドゥアールが自分の意思を貫くことは可能なのだろうか。

「ノエル。これを受け取ってほしい」

エドゥアールが言い、背中と椅子の背もたれの間に隠していた紙の束をテーブルに置いた。

「これって、エド様がずっと書いてたやつですか」

見慣れた紙束は紐《ひも》で綴られていて、一枚目の紙に題名らしき一文があった。

——美男と従者の恋は逃避行から始まる
「変わった題名ですね」

いささか野暮ったい。いやそれより、この題名はひょっとして……。

「今時のウケを狙ってみたんだ。中を開いてみてくれないか」

ノエルは緊張する指で紙をめくった。

中身は小説だった。美しいが享楽的な貴族とその従者が旅をしながら、真実の愛に目覚める話だ。

はじめはただの主従関係だった二人が、長い旅の困難に協力して立ち向かい、互いに相手への恋愛感情を自覚する。

最後は美男の継母が放った刺客に狙われ、絶体絶命の危機に陥るも、どうにか切り抜ける。

その際、美男も従者も自分の身を犠牲にしてでも相手を助けようとする。美しい愛情が見せ場だった。

ありふれた話の筋だが、エドゥアールの豊かな筆致によって、手に汗握る冒険活劇に仕上がっている。

読み終えて最後の紙をめくると、そこに一編の詩が綴られていた。

愛の詩だ。詩の最後には、

『最愛の伴侶、ノエルに捧ぐ』

と、いう言葉が添えられている。

「最初は、詩だけを書いて送ろうと思ったんだ」

照れくさそうに、エドゥアールが言った。

「お前が私から離れていくかもしれないと思って、焦りに焦った。何としてでも私の気持ちを伝えたくて、詩を書くことを考えついたんだ」

騙し討ちになってしまったが、ノエルへの愛を貫くための旅だった。真実を告げたかったのだけど、その時はノエルが怒っていて、話し合いにはならなかった。

詩を書き始めたが、納得のいく言葉が思いつかず、そうしているうちに小説を書くことを思いついた。

「焦れば焦るほど、こう……天から話のネタが降ってくるんだ。書かずにはいられなくてな」

そこで一心不乱に、長編小説を書き始めたらしい。

途中、ノエルの誘拐事件があって、そこで詩が閃いた。この三日、寸暇を惜しんで紙とペンと格闘し、小説と詩を書き上げたのである。

小説は面白かったし、詩は素晴らしくノエルの胸にも迫るものがあった。

「書き終わったら、改めて告白しようと決めていた。ノエル」

言って、エドゥアールが立ち上がる。ノエルの前まで来るとひざまずいた。

「愛する人《モナームル》。どうかこれからも、私のそばにいてくれないか。私は生涯、お前だけを愛すると誓う。誰とも結婚しない。賭けは負けてしまったが、父を必ず説得する」

エドゥアールは、できないことは口にしない。自分でこうと決めたら実行する人だ。

ノエルは立ち上がり、エドゥアールの手を取った。

「はい。生涯あなたのそばにいます。俺には、今も昔もあなただけです。エド様」

その言葉を聞くや、エドゥアールの顔がぱあっと輝く。あまりにも嬉しそうなので、ノエルはそっと釘を刺した。

「ただし、もう騙し討ちはしないでください。これからは何でも、俺にちゃんと打ち明けるって、約束してくださいよ。約束を反故《ほご》にしたら絶交です」

「する。約束する。絶対に破らない」

エドゥアールは慌てた様子で言い、何度も首肯した。

「じゃあ、あなたのものになります。っていうか、もともとエド様のですけど。俺はまだ、従者なんですよね？」

「従者で、恋人だ。嫌か？」

「ちっとも。従者の仕事は俺の誇りなので、嬉しいです」

ノエルがすかさず答えると、エドゥアールは優しい笑顔になる。ひざまずいたまま、ノエルの腰を抱きしめた。

「私もお前を誇りに思っているよ。お前が大好きだ。愛してる！」

感極まったように言い、手の甲に何度も接吻する。そうして立ち上がりながら、ノエルの顎や頬にも口づけていった。

「俺も大好きです」

照れ臭くなるのを抑えて、ノエルも告げた。抱き合って、何度も口づけを交わす。

エドゥアールとは子供の頃から一緒にいたし、時には同じ寝具で眠ったりもした。でも、当たり前だけど口づけをしたことはなかった。

本当に恋人同士になったのだと、柔らかな唇と吐息を感じながら、ノエルは幸福を噛みしめる。

と、その時、腰の辺りに硬いものが当たった。違和感を覚えて抱擁を解く。エドゥアールのズボンのポケットに、石ころでも入っているのかと思ったのだ。

しかし、そんなわけはなかった。

見下ろした先に、エドゥアールの股間の膨らみを発見し、ノエルはついまじまじとそれに

見入ってしまった。

「あまり見ないでくれないか」

エドゥアールが珍しく顔を赤らめて言う。それを見て、ノエルもじわじわ恥ずかしくなった。無理やりに、自分の視線をそこから引き剝がす。

「すみません。でも、俺で欲情するんですね」

「当たり前だろう。お前に恋しているんだから」

呆れたように言われたが、今までずっと一緒にいたのに、ちっともそんな素振《そぶ》りを見せなかった。

「子供の頃はさすがに、よこしまな目で見たことはないぞ。だが、年頃になってからは綺麗だし可愛いなと感じるようになった。家族も同然のお前をそんな目で見るのはまずいから、あまり考えないようにしていたが。恋愛感情を自覚したら、それも仕方のないことだったと理解した」

エドゥアールは恋心を自覚するより以前から、ノエルを恋愛の対象としていたということだろう。

ずっと前から両想いだったのだとわかって、すごく嬉しい。

そんなことを考えていたら、「お前は?」と、不安そうに覗き込まれた。

「お前の『大好き』には、性愛も含まれているかな」

エドゥアールも自分と同じ心配をしていたのだとわかったら、安堵と楽しい気持ちがこみ上げてきた。

エドゥアールの腰にぴたりと抱きつき、いたずらっぽく恋人の美貌を見上げた。

「今まで内緒にしてましたけど、エド様本人に言えないようなこと、ずっと考えてましたよ」

こちらを見下ろすエドゥアールが、ぐっと息を詰める。

「いけない子だ」

真顔でつぶやいて、ノエルを抱きしめた。

「このまま寝室に行っても？」

もちろん、と、ノエルは元気よく答えるつもりだったけれど、ドキドキしてエドゥアールの腕の中でうなずくのが精いっぱいだった。

エドゥアールはそんなノエルの肩を抱いて、寝室へ移動した。


エドゥアールとは子供の頃から一緒にいて、彼のことは隅々まで知っているつもりだ。もちろん、裸だって見ている。お屋敷で毎日、エドゥアールの着替えをさせるのはノエルの役目だ。

でもノエルが彼の前で裸になったことは、数えるほどしかなかった。

「あの、あまり見ないでください……」

寝台の上に寝かされ、何度も口づけされた後、エドゥアールが恭しい手つきで衣服を剝がしていくのに、ノエルは小さな声でボソボソ言った。

すでに自分で景気よく服を脱いでいたエドゥアールは、不思議そうに小首を傾げる。

「恋人を見ないで、どうやって抱くんだ？」

頭のてっぺんからつま先まで、どこを取っても完璧《かんぺき》に美しいエドゥアールには、裸を見られて恥ずかしい、という感覚は理解できないのかもしれない。

エドゥアールは本当に綺麗だった。いつも美しいが、今夜は月の精のように、この世のものではないかのような美しさだ。

ノエルは相手と自分の身体とを見比べて、いっそういたたまれなくなる。

「俺の裸は、エド様みたいに鑑賞に堪《た》え得るものじゃないんです」

胸と股間を手で隠しながら、そっぽを向いて言った。

「何を言う。お前はこんなに美しいじゃないか」

馬鹿馬鹿しい、といった口調で言い、エドゥアールはノエルの肩口に口づけた。それから鎖骨と二の腕に口づけ、さらに胸を隠した手の甲に唇を落とす。

どんどん下がっていくので、ノエルは焦って身をよじった。

「黒曜石のような輝く瞳も、小さな果実みたいな唇も美しい。腕も足も細いがしなやかで、肌は赤ん坊のようにすべすべして柔らかだ。性器も新芽のようで可愛らしい」

「小さくて悪かったですね」

恥ずかしさのあまり、顔が真っ赤になる。エドゥアールと比べて、自分のそこが小さいことを気にしているのに。

「小さくはない。人並みさ。私のが大きいだけだ」

しれっと言って、股間を押さえるノエルの手を取り払った。

「元気がなくなったわけではないようだな」

勃《た》ち上がったそれをまじまじと見て言うので、ノエルは大声でわめきたくなった。

「あなたはもう、どうしてそういうこと……ああっ」

目の前でエドゥアールが身を屈《かが》めたかと思うと、ノエルの性器をぱくりと口に含んだ。

「な、な、何……あっ、あっ」

ノエルは驚きのあまり、言葉にならない。そんなノエルに艶《つや》っぽい笑みを送り、エドゥアールは音を立ててノエルの性器をしゃぶった。

「な、それ、や……」

いったいどういうことだろう。こんなやり方は知らない。

ただ一つわかるのは、口でしゃぶられるのはとんでもなく気持ちがいいということだけだ。

「エド様……っ、出る、出ちゃう」

竿《さお》を扱《しご》かれ、亀頭や鈴口《すずぐち》を刺激され、他人からの刺激を受けたことがないノエルの性器は、たちまち精を吹き上げた。

「あ、あ……」

びくびくと身体をのけぞらせて射精する。エドゥアールはあろうことか、それを口で受け止めた。

「エド様のバカ……何、してるんですか」

荒い息を吐きながら目を潤ませるノエルに、エドゥアールは嫣然《えんぜん》と微笑む。ごくりと喉ぼとけを上下させて、見せつけるように嚥下《えんか》した。

「バカ……」

ノエルは思わず両手で顔を覆ってしまった。エドゥアールはクスクス笑ってその手を取り上げる。

「可愛いノエル。この世には様々な性戯があるんだよ。これから一つずつ教えていこう。本当にたくさんあるから、よぼよぼの年寄りになるまで終わらないかもしれないね」

そんなに年を取るまで、いやらしいことをし続けるのか。ノエルは感心したような、呆れたような、でも嬉しい気持ちになった。

エドゥアールは次に、ノエルが頭を預けている枕の下を探り、小瓶を取り出した。

「あ、それは俺も知ってます」

中身が潤滑油だとわかると、ノエルはつい自分の知識を披露したくて口にした。自分だって子供ではない。ある程度は知っているということを見せたかったのだ。

「良かった。お前を怖がらせないか、不安だったんだ」

そう言ってエドゥアールは、愛《いと》しそうに微笑む。ノエルも微笑んだ。

「怖がったりなんかしません。ずっと、あなたに抱かれたかったんだから」

夢がかなった。絶対にかなうはずがないと思っていた夢が。自分は世界一の幸せ者だと、ノエルは思った。

エドゥアールはたっぷり時間をかけて愛撫《あいぶ》をしながら、潤滑油を使ってノエルの後ろを慣らしてくれた。

愛撫の合間に、緊張が思わず解けるような、おかしくて楽しい話もしてくれた。おかげでノエルはすっかり肩の力が抜けた。

本当のことを言うと、初めての行為にちょっとだけ不安だったのだ。

「愛してるよ、ノエル」

やがてゆっくりとエドゥアールが入ってきた時、ノエルは感動してしまった。

「大丈夫か？　苦しくない？」

エドゥアールが優しくノエルの頬を撫でる。琥珀色の瞳の奥に、自分の顔が映り込んでいるのが見えて、もっと幸せな気持ちになった。

「平気です。好きな人と身体を繋げるのって、気持ちがいいだけじゃなくて幸せなんですね」

「奇遇だな。私も今まさに、おなじことを思っていた」

恋人が美しく微笑んだ。深く穿《うが》たれて、快楽の吐息が漏れる。

それからエドゥアールは一晩中、ノエルに快楽と幸福を与えてくれた。


ワローネ地方は、夏も冬も気候が穏やかで過ごしやすい。

人々は陽気で開放的で、都会に住む貴族たちにもあまり気取ったところがない。

ラギエ家の領地ものんびりしていて好きだったけれど、ノエルはワローネの暮らしがすっかり気に入っている。

ワローネで借家住まいを始めて、一年が経った。そう、ノエルとエドゥアールはあの後も領地には戻らず、旅を続けたのである。

一度はあきらめかけた賭けだったが、犯人も捕まって命の危険もなくなった。

ノエルが何も聞いていないことにすれば、旅を続けられるんじゃないか、という話がエドゥアールの口から出たのは、初めて身体を重ねたその翌朝である。

ちょっとずるだけど、でも二人の関係を認めてもらいたい。ノエルも承諾し、記憶には蓋《ふた》をしてワローネに向かったのだった。

無事にワローネのジョルジーヌ夫婦と再会し、バルバラとヤニック逮捕の一報は、居候《いそうろう》先のジョルジーヌの家で知った。

自称投資家ボネが、バルバラやヤニックとの手紙を提出し、バルバラたちがエドゥアール殺害を企《くわだ》てたことが証明されたのである。

バルバラはヤニックと共にボネに騙され、投資に失敗して多額の借金を負った。夫からは離婚を切り出され、このままでは何もかも失ってしまう。そこで、継子であり嫡男のエドゥアールを亡き者にしようと考えた。

エドゥアールがいなくなれば必然、次男か三男がラギエ家の後継者となる。

しかし、下の二人がラギエ侯の種でないことは、夫婦の間ではわかっていることだ。バルバラは自分が不貞を働いたにもかかわらず、それを逆手に取り、醜聞を世間に広められたくなければ金を出せと、ラギエ侯を脅すつもりだったのだそうだ。

盗人《ぬすっと》猛々《たけだけ》しいにもほどがある。ヤニックは姉の言うなりにボネと連絡を取り、ボネは協力しなければラギエ侯に名前を出すと脅されて協力した。

ボネと誘拐犯たちはモルヴァン領で裁かれ、今はオルダニーの刑務所で服役している。

バルバラとヤニックもラギエ領で裁判が行われ、刑務所に入った。娘と息子のしでかした不始末の責任を取って、バルバラたちの父は領地の一部を売り、ラギエ侯とエドゥアールへの賠償金に充《あ》てている。

バルバラ姉弟はあと三十年は刑務所から出られないそうなので、ラギエ侯が血のつながらない次男と三男について脅される心配もなくなった。

ラギエ侯はさすがに妻がエドゥアール殺害まで企てるとは思わず、意気消沈していたそうだ。彼は亡くした先妻に心を残し、後妻を愛せない負い目から、ついバルバラを甘やかしていた。結果的に、その甘さが長男の命を危うくした。

けれど、次男のミシェルがそんな父を支えなくてはと、子供ながらに奮起している。勉強の成績がぐんと上がったそうだから、将来が楽しみである。

「エド様、ただいま帰りましたー」

その日の夕方、ノエルがいつものように仕事先から帰ってくると、エドゥアールは居間で手紙を読んでいた。

「ああ、ノエル。お帰り」

ノエルの姿を見ると、立ち上がって両腕を広げる。ノエルはその腕に飛び込み、抱擁と口づけを交わした。

一年経っても二人は仲のいい恋人だ。たまに言い合いもするけれど、それさえ日常の刺激になっている。

「ああ、私の林檎酒《モン・シードル》ちゃん。一日お前と離れていて寂しかった」

「俺もです」

離れていたのはほんの数時間だけど、ノエルも仕事の間、エド様は何をしているかなとか、ちゃんとお昼を食べているかな、などと考えてしまう。

「疲れているんじゃないか？　またヤコブスにこき使われたのか」

「使われてませんよ。良くしてもらっています」

これも毎日のように聞かれるが、いつものように笑って答えた。

ノエルは今、ヤコブス商会で働いている。ワローネで庶民暮らしをすると決めて、ジョルジーヌ夫妻に仕事の斡旋《あっせん》を頼んだところ、うちで働かないかと言われたのだった。

ノエルは帳簿付けもできるし、仕事も速くて正確だと言われ、重宝されている。お給料もラギエ家と同じくらいもらっていた。

このこぢんまりした借家を借りて、エドゥアールを養うくらいのお金は稼いでいる。

とはいえ、エドゥアールはそれ以上に稼いでいるのだが。

「そういえば、今日もお得意様から、エド様の詩作教室に入れてもらえないかって言われたんです。教室に入るために、商会で相当な買い物をされているようなんですが。商会長からいちおうエド様に確認してみてくれって頼まれたんですが、どうします？」

「申し訳ないが断ってくれ。もう満席で入るところがないんだ」

申し訳なさそうに言うが、無理もない。エドゥアールの詩作教室は大人気なのだ。

一年前、ワローネに到着したエドゥアールは、ノエルの勧めもあって地元の出版社に小説を持ち込んだ。ノエルに渡したあの、冒険活劇恋愛小説である。

エドゥアールはワローネでも有名で、すぐに出版が決まった。発売してすぐ人気に火がつき、続いて出した二作目と、それに付随する詩集が大人気でどこも品切れになった。

それだけでもじゅうぶん暮らしていけるのだが、退屈しのぎに詩作教室を開いたところ、あっという間に生徒で埋まり、今は新規入会の希望者を断り続けている。

ヤコブス商会の上得意になると、空きができた時に優先的に入会できると噂が広まり、ヤコブス商会にも客が集まった。

そんなこんなで、毎日充実した日々を送っている二人である。

「それにじき、教室は畳まなくてはならないから」

エドゥアールは言って、背後を振り返った。エドゥアールが座っていた安楽椅子に、先ほど彼が読んでいた手紙が置かれている。

「また旦那様からですか。そろそろ無視できなくなってきましたね」

「いや、今回はミシェルとアンリからだ。お父様のために帰ってきて、とさ。父が弟たちに頼んで手紙を書いてもらったんだろう」

半年前から、ラギエ侯からエドゥアールに手紙が届くようになった。

早く国に帰ってきてくれという内容だ。

普段からの多忙に加え、バルバラの件があって、とてもラギエ侯一人では手が回らないのである。

エドゥアールが断ると、「二人の仲は認めるから」と書いてくるようになった。ワローネの居心地がよくて先延ばしにしていたのだが、そろそろ帰る頃合いかもしれない。

「早くミシェルとアンリが成長してくれないかな。そうしたら、さっさと家督を継がせて、またワローネに戻ってこられるんだが」

確かに、ノエルもここの暮らしは気に入っていたが、領地屋敷も懐かしい。

「そうですね。でも俺は、エド様がいてくれたら、どこにいても楽しいです」

ノエルが言うと、エドゥアールは笑ってノエルを抱きしめた。

「ああ。二人でいれば、いつでもどこにいたって幸せだ。領地に帰る時は、また二人きりで馬車の旅をしよう」

「林檎を山ほど買ってね」

二人は顔を見合わせてにっこりする。今から楽しみだった。

あとがき

こんにちは、初めまして。小中大豆と申します。

今回はハラハラはちょっぴり、お気楽のんびりなロードムービー風になりました。

シリアスやドロドロしたお話も好きなのですが、安心安全、とにかく明るいお話も書きたくなるので、楽しく書かせていただきました。

プロットの段階では、攻はもっと気の利かない俺様タイプでした。キャラクターの名前がおフランスになってから、エドゥアールの方向性が勝手に決まってしまった気がします。

いずれ彼が領主になるのかもしれません。ならないかもしれませんが、ノエルも彼も死んでも死なないというか長生きしそうなので、これからもドタバタしつつ幸せに暮らしていく予定です。

エドゥアールは麗しいけど男らしいけどちょっと情けないという、絵にするとかなり面倒かも……と思ったキャラでしたが、イラストでは予想以上に理想的に描いていただきました。受のノエルもすっごく可愛い！

石田恵美先生、本当にありがとうございました。お忙しい中、こちらの都合で多大なご迷惑をおかけしてしまいました。にもかかわらず、ここまで素晴らしい挿絵を描いていただき、感謝してもしきれません。

担当様には今回もいっぱいご迷惑をおかけしました。いつもこうなので、もう転生した方がいいかも……。

最後になりましたが、読者様にはここまでお付き合いいただき、ありがとうございました。のんきでアホアホなエドゥアール劇場で、少しでも浮世のしがらみを忘れていただけたら幸いです。

それではまた、どこかでお会いできますように。

✦初出　美男と従者の恋は逃避行から始まる……………書き下ろし

小中大豆先生、石田惠美先生へのお便り、本作品に関するご意見、ご感想などは
〒151-0051 東京都渋谷区千駄ヶ谷 4-9-7
幻冬舎コミックス　ルチル文庫「美男と従者の恋は逃避行から始まる」係まで。

幻冬舎ルチル文庫

美男と従者の恋は逃避行から始まる

2023年3月20日　　第1刷発行

✦著者	小中大豆　こなか だいず
✦発行人	石原正康
✦発行元	株式会社 幻冬舎コミックス 〒151-0051 東京都渋谷区千駄ヶ谷 4-9-7 電話 03(5411)6431[編集]
✦発売元	株式会社 幻冬舎 〒151-0051 東京都渋谷区千駄ヶ谷 4-9-7 電話 03(5411)6222[営業] 振替 00120-8-767643
✦印刷・製本所	中央精版印刷株式会社

✦検印廃止

ISBN978-4-344-85209-9　C0193　Printed in Japan